# 愛も情けもありません

森山いつき
Moriyama Itsuki

青山ライフ出版

愛も情けもありません ◉◉◉ 目次

# 愛も情けもありません

# あれはひとり旅だった

初めてひとり暮らしを始めた時、わたしは五十歳になったばかりだった。

平塚の保健所への異動がきっかけだった。どんなに遠くてもいいから、当時勤めていた職場から脱出させて欲しいと願った結果だったが、実際通い始めてみると、しょっぱなから東海道線は遅延を繰り返し、バスも道路の混雑で遅々として進まない。バス停は事務所の真ん前にあったが、帰りのバスはいつになったら来るのか見当がつかなかった。

これはもうたまらない。異動早々、わたしはネットで家探しを始めた。もはや猶予はない。

何軒探したところで、間取りや家賃の条件を変更しなければ同じようなものだ。それは以前、家を出る、出ないで、両親とすったもんだの挙げ句、不動産屋の案内で家探しをして身に染みている。その時の別居の話はうやむやになり自然消滅してしまったが、今回は必然に恵まれた。

両親にも見てもらおうと、二、三件に絞ったところでさらに一件見つかった。検索条件から『オートロック』をはずしたら、偶然引っかかったのである。

「ここはいい部屋ですよ。確か富士山が見えたような……」。案内してくれた不動産屋さんが言った。

引っ越し当日、彼が言った通り西向きの出窓から真正面に、青空を背景にした富士山が見えた時には仰天した。電車の中から遠く彼方にちょこっとそれらしい姿が影のように見えることがあるが、窓からのそれは雪をかぶり、すそ野まで広がった富士山だった。場所も、職場から自転車で十分ほどだった。

異動にせよ、見つかった家にせよ、偶然によって動かされていくことは多い。

旅先で枕が変わると眠れないというが、引っ越した当日は一睡もできなかった。

上の階の住人が深夜までテレビゲームに興じ、その爆音に毎晩のように悩まされた。大家さんに訴えたところ、彼は近いうちに引っ越す予定だという。ひと月ほどの我慢の末、ようやく平穏が訪れた。騒音問題から殺人事件まで起こるというが、大げさな話ではないと思った。もともと天井板が薄いのか、次に越してきた人の足音が、まるで天井を突き破って降ってくるように感じられたが、以前のゲーム男に比べれば大したことはない。壁の薄さを補うためか、両隣の部屋とは接しない構造になっていたのも幸いだった。玄関脇のエレベーターから、「ポーン」という音がする。誰かが降りたようだ。人の気配はそれぐらいでちょうどよかった。

思い描いていたひとり暮らしのスタイルを実現することに夢中になった。ひとり暮らしのマニュアル本を買い（多くは若い女性向きのものだったが）、ロフトや東急ハンズを徘徊し、冷蔵庫に貼るマグネットや枕元に置く時計、しゃれた小物などを嬉々として買いあさった。

まだ夜も明けきらない時刻、「ポーン」のあとに、タッタッタッというかすかな足音が続き、ほどなく、ベッドの足元から大して離れていない玄関のポストに、自分名義で購読し始めた新聞が差し込まれる。新聞を読みながらコーヒーメーカーで淹れたコーヒーを飲み、温めたパンを食べる。イメージ通りの朝が始まった。職場が近いため、時間はたっぷりあった。NHKの朝のドラマを見終わると家を出た。当時放送されていた「あまちゃん」のテーマ曲が、わたしの背中を軽やかに押した。今でもあの曲を聞くと、風を切るようにゴールを目指して自転車をこぐ自分の姿が思い浮かぶ。夕方、定時になると、「お先に失礼します」と言って職場をあとにしたその瞬間にはもう、自宅の玄関口に立っていた。休みの日にはパソコン提げて、あっちのカフェ、こっちのカフェをうろついた。知り合いなどひとりもつくらなかった。

賃貸マンションは気が楽だ。備品が故障すれば、大家さんがすぐに業者を手配してくれた。台所（細い廊下にシンクが置いてあるだけだが）の白壁に、干からびたほうれん草がこびりついていようと、レトルト食品を開けたはずみで汁が飛び散ろうと、気にならなかった。

当時を思い出して懐かしく思えるのは、今より若く、体力があったからではない。むしろ体調的には、更年期障害との闘いであった。あの五年間は、「実家」という帰る家があるのを前提とした、旅行のようなものだったからだ。毎日眺めているとどうということはなくなったが、西向きの窓からは富士山も見えた。東海道線が相模川を越える時の風景は、新幹線からのそれに似ていた。部屋の鍵だけは鞄の中に入れたままだった。いざという時にすぐに持ち出せるようにという、どこか構えたところがあった。宿泊するホテルの机の引き出しに、小物などを入れておかないのと同じ心境かもしれない。

旅先での出会いは一期一会だ。これはなにも人間相手に限ったことではない。平塚市内や茅ヶ崎、藤沢あたりのデパートで、ピース四百五十円などという、どう考えても三時のおやつにしては高価なケーキを見つけると、何がなんでも買わずにはいられなくなった。旅行中の金銭感覚は日常とは異なる。もう来ないかもしれないと思うと、つい財布の紐がゆるんでしまう。「ひとつですみません」などと口先ばかりで恐縮しながら、たったひとつにしては大げさな箱に入れてもらい、無駄使いしたような罪悪感を抱きながら、脇目も振らず店をあとにした。

家に帰ると待ちきれないように箱をべりべりと引き破り、ケーキ本体よりもスペースを占めているドライアイスを流しに放り出し、むさぼり食べた。一旦手に入れてしまったらどうでもよくなった。高いだけあっておいしいことに間違いなかったが（大きさの問題だけでなく）、ショーケース越しに見えていたあのケーキとは何か違う。それなのにというか、だからなのか、何度も同じようなことを繰り返してしまう。〇〇デパートにこんなスイーツがあってね、と実家への〝旅の土産話〟として報告しようとしている自分がいた。

旅行中というのは、金銭感覚だけでなくすべてが非現実的になる。自分の年齢、親の老い、疎遠な息子のこと、そうした現実的なことに向き合わないで済んだ。

前提としての帰る家、という存在を考えると、宇都宮での短い結婚生活は、わたしにとって御奉公であったかもしれない。もういくつ寝ればお正月、ではないが、どれだけ辛抱すれば年季が明けて実家に帰ることができるだろうか、というような。

ひとりで暮らし始めてからは、ひと月に一度程度、手土産提げて実家に帰省するのが楽しみになった。

両親と同居している時は、お互い口に出せないこだわりやわだかまりがあった。夜、二階の寝室に横たわっていると、階下の両親の部屋からある気配が伝わってきた。床に耳をつけて盗み聞きすると、たいてい、わたしのワルクチ——それは遠く遡って、あれじゃあ、結婚は務まらないわよ、といったようなもの——だった。ひとつしかない台所を使うのにも時間が重ならないように気を使い合った。相手の気持ちや行動を推測し合って動いているような気詰まりがあった。遠慮したり我慢したり、そして時たま爆発したり、というのに疲れていた。平日に休暇をとっても居場所がないように思え、いつもの出勤時間よりも遅く家を出てデパートなどで時間をつぶし、早めに帰ってきては出張だったから、などと言い訳をしていた。

それが別居したとたん、一転した。平日の休みには、好きな時間に起き、場合によっては昼間の二時頃に夕食を食べて夜の七時にベッドに潜り込むのも自由。映画に行くのにどこかで時間をつぶさなくても、上映時間に合わせて家を出ることができた。

実家に帰省となると、機嫌のいい顔で何日間かともに過ごした。もてなされ、そしてなんやかや手土産を持たされて（それらは実家で持て余したものが多かったが）、玄関先まで見送られるお客さんになった。荷物の多い時にはタクシーまで呼んでもらって。

滞在中、わたしは小さな子供と同じだった。ねえねえお母さん、なんて言いながら、台所で料理をする母親のエプロンを追いかけて、なんだかんだと話題を見つけてつきまとう子供……。昔は、「金魚の糞みたいにくっついてこないで」などと邪険にされたものだが、このたびは久しぶりに帰省したのである。聞いて欲しい話だって母の方にも満載だった。お互いにスキを狙って自分の話題を割り込ませようと試みるのだが、いつのまにか母に軍配が上がる。こんな時は高齢者の方が立場は強い。〝お迎え〟が来るまでの時間が短い方に、話す順番を譲ってあげなくてはならないような気がしてしまうのだ。疾病利得ならぬ、「老齢利得」ということになるだろうか。

ドン・キホーテという店がある。それなりに整理されているのかもしれないが、色も形もさまざまな商品が、視界の中にどっと飛び込んでくる。母の、句読点をも吹き飛ばすような話はそれに似ている。整理されていない情報が、こちらに口を差し挟む余地を与えないほど一方的に攻めてくる。しゃべっている最中にも、目に映ったテレビ画面にいきなり反応して、話題が唐突に変わったりする。以前はこんなにおしゃべりではなかった。母の姉や叔母から電話がかかってくると、むしろ母の方が、彼女たちからのとどまることを知らないおしゃべりの聞き手に回っていた。

「年を取るってこんなにタイヘンだと思わなかった。こんなに辛いんだったら、お母さんのこと、もっと手伝ってあげればよかったわ。もう、こればかりは年取ってみんとわからんわね」などと言ってため息などつかれると、それが母自身の悔いにかこつけたわたしへのアドバイス、というか警告のように聞こえてしまい、一瞬身構えることもあった。

横浜駅界隈までランチに繰り出すこともあった。母親とふたりのランチ。これはわたしが長らく望んでいたことだった。学年の上がる前の春休み、参考書を買うという目的で一緒に伊勢佐木町の有隣堂へ出かけた。お勉強のためという明確な理由がなくても、こんなふうにおしゃべりをしながらランチをしたいと、ずっと望んでいたのだ。デパートの地下にありがちなジューススタンドや、うどんやラーメンで済ますのではなく、レストランで食後のコーヒーを頼むような、母との時間を。結婚が決まり、銀座界隈のデパートに食器の類を一緒に買いに行った時はもちろん、離婚に先立ち、婚家先の部屋を片づけるのに付き添ってもらったあの時さえ、わたしのために時間を割いてくれた貴重なひとときと思えたことがある。

娘の立場を十分に満喫する前に結婚し家を離れ、離婚して戻ってきた時、わたしは母親という立場だった。今回、客人として舞い戻ってくることで、実現したかったささやかな夢らしきものを果たしつつあった。しかも同居の父は耳が遠く、母の話し相手としてはいささか物足りなくなってきていた。

「お父さんは、こっちの話を全然聞いてないのよ。ボケの始まりなのかしら」と、母が半分苛立たしげに、半ば不安げに話す。

父は昔から、話半分にしか聞いていなくても、返事だけ調子よく合わせるようなところがあった。それが老いに伴って取り繕いきれなくなったのだろう。縦横無尽に展開していく母の話についていくのは、もはや不可能。話の中に出てきた単語をひとつ拾って下手に質問でもしようものなら、それはすでに母の中では説明済みだったのであり、「まああ、さっき言ったじゃないのおお!」とかえって地雷を踏んでしまう。意図的でないにせよ、父は鼓膜の開け閉めをして、ドン・キホーテの商品がむやみになだれ込むことから耳を守っているのだと思えなくもない。

夕刻、流し台の前に並んで、料理の下拵えや食器洗いをしながら母曰く、「ふたりですると、早く済んでいいね」。わたしが息子だったら、当然の顔をして父と一緒にテレビでも見ているのだろうが、娘は女である。客であっても女である。皿洗いは特段苦痛ではなかったが、このセリフはもしや、「帰ってきてね」コールなのか？ という考えが一瞬よぎる。ひとりっ子の娘というのは、息子の役割も負わされているのである。

朝から晩まであれほど言葉が飛び交ったのに、さて、なんの話をしたのか、あとになってもほとんど思い出せなかった。肝心なことはなにひとつ話せず、聞かなかったようなもどかしさが残り、ひと晩徹夜で居間にとどまっていたくなる。こっちの話も聞いて欲しかったという思い。それは執着心とでもいおうか。母はわたしの話を聞くのをどこか恐れているのではないかという疑いが、ちらと浮かぶこともあった。枕が変わるからか寝つきが悪く、むしろ実家が旅先のようになってきていた。

お客さんには大してすることもなく、次の日には、不要なものの処分でもしようと自分の部屋に引きこもるのだが、どうも作業に身がはいらない。落ち着かないのである。こんなことはあとからでもできる。母と話す時間は限られていると思うと、中途半端で切り上げて、やっぱりつきまとってしまうのだった。

平塚に戻る日は朝早くから、使ったシーツや布団カバーを洗い、早く自分の家に戻りたいような、いつまでも実家にとどまっていたいような、ぐずぐずとした気分になった。

母が玄関先まで見送りに出てくる。父もゆっくりした足取りであとから出てくる。

「ここはおまえの家なんやから、いつでも帰ってこい」などと言われると、うれしいような、また も圧力をかけられたような気がしてくる。そして、彼らの元気な姿を見るのがもしかしたら今回が最後かもしれないというような悲しみが、どっと襲ってくる。おいとまの時間になって初めて、彼らの老いという現実に向き合う瞬間が、ごまかしようのない時間がやってくるのだ。そうしたもろもろの感傷を振り切るように駅まで早歩きし、電車に乗り降りしているうちに、いくぶん気分が持ち直してくる。平塚駅に着き、「たなばたさま」の発着音を背後に聞いて、いつものスーパーの賑わいに身を置く。普段と変わらない店内にいると、何も失われていないことを確認した思いがする。そこで売られている食材や食料品はお母さんそのものだった。家族連れを見ると、彼らは買い物が終わっても同じ家に帰るのだと思うと実に切なかった。

平塚の誰もいない部屋、そこはわたしが出かけた時の状態のまま、寸分たがわずあるのだが、しばらくは、母の絶え間ない声の余韻がわんわんと充満していた。あとから振り返ると、このけたたましくもある彼女の声を心の底から懐かしみ、もう一度聞きたいと思うのだろうが、しばらくは静かにしていたかった。過剰よりも不足を味わっていたかった。

平塚に異動して四年経った。

旅も長く続けていれば、里心がつくのだろうか。両親の高齢を理由に、わたしは実家からでも通える職場を希望した。

風呂にはいっている父が無事に出てくるか、這いつくばるようにして耳を澄ましている母の姿を見て、実家の近くに待機していた方がいいのではないかと思ったからだ。滑稽な話だが、まだ異動が決まってもいないのに不動産屋に行って、あちらこちらの物件を見せてもらった。四年というのは、希望すればかなり高い確率で異動できる年数なのである。「JTB」や「日本旅行」の窓口に行って、パンフレットを片手に現地の説明を受けているのと同じ感覚だった。

しかし、いざ、ふたを開けてみたら異動はなかった。同じ職場に五年もいることになったのは初めてだった。

しばらくの間、現実を受け入れることができなかった。食欲が見事になくなった。永遠に平塚市内に閉じ込められたような気がした。引っ越してきた当初はあれほどときめいていた平塚の町が、一気に監獄じみた。来年もまたこのままかもしれないと絶望的な気分で、毎日泣けた。わたしは旅先で、帰りの切符をなくして途方にくれていたのだった。

引っ越すつもりで部屋の隅に積み上げておいた段ボール箱が虚しく邪魔だった。

「え？　異動、なかったんですかあ」という不動産屋のお兄さんの無邪気な声に、申し訳なさが募る。なんの保証もない引っ越しのために、一日付き合わせてしまったのだ。平塚駅前の不動産屋の前を通ると、両親とここに来たことを思い出し、気持ちがざわついた。お祭り騒ぎに伴う彼らの関心と、そして今よりは元気だった彼らの姿が染みついている店。引っ越しを決めて不動産屋に行き、あの場面を再現したかったのかもしれない。

今頃はせっせと荷造りをしていたはずだったとか、引き継ぎの予定を組んでいる頃だとか、ひょっとしてあとから臨時で異動が発表されるかもしれないなどと、未練がましい気持ちをいつまでも引きずった。引っ越しまでに使いきるように、着々と空っぽにしていた冷凍庫や冷蔵庫、残りの日数をメモしたカレンダー、貴重品を一か所にまとめたバッグ……引っ越しを前提にしていたことすべてを見ると辛かった。パソコンを開いている最中に思わず賃貸住宅の検索をしようとして、ああ、もう必要がなくなったのだと思った。旅行は準備期間こそ楽しい。前々から計画していた旅行がおじゃんになってしまったのだった。平塚への異動があまりにもおあつらえむきだったので、つい、その次もと期待し過ぎていた。

諦めきれずに、異動できなかった理由を上司に尋ねると、異動の意向申告書の書きかたに問題があったのではないかと言われた。そういえば、あそこは嫌、この仕事は苦手、とずいぶんとわがままなことを書いた。謙虚でないことは確かだった。人事担当者は実際に働いているところを見ているわけではないので、書類に書かれたことがすべてであると。

異動は水物である。上司の話がすべてとは限らず、ことによるとあとづけに考えた理由だったのかもしれない。しかしその後しばらくは、ああ書けばよかった、あんなふうに書かなければよかったと、完璧な書きかたをしなかった自分を責めた。

四月。わたしの事務分担が介護保険に変わり、覚えることが増えた。貸付資金の担当者として月末には大量の資料をコピーしているうちに日々は過ぎていき、引っ越しや異動は頭の中から消えていった。

昨年までと同じ一年が再び回り始め、結局ひとり旅は自分の意思とは関わりなく、もう一年同じ場所で続けられることになった。仕事がわたしを、旅とは別の現実に引き戻してくれた。

もともとこの平塚の部屋が気に入っていたことにも気がついた。古くて狭くてエアコンや給湯器が壊れたり、水道水が錆臭かったりしたが、初めてのひとり暮らしを始めることになった記念すべきシングルルームとして、思い入れも深かったのだ。

そして翌年、念願の異動を果たし、三浦半島の先にある職場に異動した。十年以上も前、実家から通っていた職場なのに、それでもわたしは実家には戻らなかった。

時期的にめぼしい物件はおおかた埋まっていたが、そこで諦めたりせず、消去法でそこそこの賃貸物件を見つけ、当然のような顔をしてさっさと入居した。偶然、両親のかかりつけの病院の近くでもあり、区役所も近い。介護保険の手続きに便利、という言い訳のような理由が浮かんだ。職場へは快速特急で乗り換えなしである。通勤のことを考えれば、横須賀市内の方が職場に近く、賃料も安いのだが、どんなに端っこでもいいから横浜市にぶら下がっていたかった。実家からはバスを乗り継いでも三十分ほどの距離だった。異動をちらつかせられ、職場の都合や口約束に振り回され、その都度おたおたと自分を責めたり上司の言い分に我慢してきたりしたが、もうここまで戻ってくればこっちのものだ。帰りの切符なんかなくても、ここからだったら歩いて実家まで帰ることができる——。

部屋の鍵は、鞄の中から玄関脇の小皿が定位置となった。

西向きのベランダに朝顔の鉢植えを置いた。京浜急行が目の前を走っている。夜には部屋の白い壁に電車の窓の光が映し出されて、メリーゴーランドのようにくるくる回った。

騒音問題はどこまでもついてきた。家賃の安さは壁の薄さに比例するのだろうか。隣人は呼吸器が弱いらしく、咳やくしゃみがすぐそばから耳に飛び込んできた。鼻をかむ音にいたっては、洟が薄い壁を突き抜けてこちらに飛び散ってきそうだった。慣れた頃、彼は転居して代わりに外国籍のかたが引っ越してきた。たまに知人としゃべっている声が聞こえてきたが、言葉が通じないとあまりうるさく感じないことに気がついた。かき鳴らすギターも異国風に距離をもって聞こえる。片や、階下に入居してきた高齢の女性は、夜眠れずにＮＨＫの「ラジオ深夜便」でも聞いているのか、真夜中に音楽が鳴りっ放しになっていることが多く、耐えかねて、こちらもどすどすと四股《しこ》を踏んだ。

日帰りで実家に顔を出せるようになったと同時に旅行気分は薄れ、高揚感のようなものもなくなってきた。現実が、そろそろと足音を忍ばせて近づいてきていた。

それでもわたしはひとり暮らしもどきのひとり旅に固執していた。西日の差した部屋に帰ってくるのが楽しみで、帰ってくるためにはどこか——多くの場合それは職場だが——に出かけなくてはならず、家賃の支払いもある。そのために、かろうじて仕事につなぎとめられているようなものだった。

互いの誕生日にプレゼントを贈り合い、機嫌よく電話を切ることのできる話題を選び、たまに手土産提げて訪問してはお客さんよろしくもてなされて帰ってくる。そうした、よそよそしいともいえる関係を両親とは続けていた。都合の悪い話、例えば母親がちらりと漏らす、父の体調への不安について、相槌を打ちながらもひとりごとのように聞き流そうとしていた。というより、彼女の抱える不安感に巻き込まれまいと、敢えて距離を置こうとした。彼らが杖を買ったと聞けば、杖を突く姿を見るのが怖かった。新型コロナウイルス感染症が流行し、何か月間か実家に行くのを控えた時期は寂しかったものの、一段階老いたであろう彼らの姿を目の当たりにしないでいられることにどこか安堵もしていた。全世界を震撼させたコロナも、使いかたによっては都合のいい言い訳になる。実家からおせち料理の分け前をもらい、初めてひとりで正月を迎えた。いつもの年は、紅白歌合戦というものは、ひとりでは全く見る気にならないものだということがわかった。いつもの年は、テレビの音に遮られてしまう除夜の鐘が、近所からはっきりと聞こえてきた。

いつまでも実家にパラサイトしていることに引け目を感じ続けてきた。それが降ってわいた異動により別々に住むことで、自立したような気になっていたが、実際には形だけであったのかもしれない。実家からは引力が働いていた。住民票を移そうと、自分名義の家賃や光熱費が引き落とされようと、根っこは実家に生えていた。根っこあってこその自分だった。

親もこちらも年を重ねると、ひとり暮らしの意味合いも、自立などというあいまいなものから微妙に変化してくる。保護してもらう立場から、手を差し伸べる立場への変更——。

それでもひとり暮らしにこだわるのは、旅行を続けている限り、彼らはいつまでも元気な姿でわたしを出迎えてくれると錯覚していられるからかもしれない。

# 何度でもスマホデビュー

母親にスマホの操作方法を教えるために、実家まで出向く。数年前に購入し、その時基本的な操作方法を教えたはずだが、充電はしているもののすっかりお蔵入りの雰囲気なのである。

板のような形のどこに向かって話せばいいのかよくわからないという理由で固定電話に頼りきり。たまにこちらからかけても、電波の届かないところにいるか、電源がはいっていないという虚しいメッセージが流れるばかり。すぐに電池がなくなるので、電源をONにしておくのが嫌なのだそうだ。緊急の時に使えればいいと言うが、これでは肝心な時に役に立たないではないか。

絵本作家の佐野洋子さんのエッセイに、ファックスと格闘するくだりがあった。スイッチといえば、「切」と「入」のみ、たくさんのボタンを操作する機械は（固定）電話のみ、という世代なのだ。

確かに、ガラケーの経験さえない状況でいきなりスマホ、というのはハードルが高い。わたしも壊れかけたガラケーに煽られるようにスマホに替えたが、購入当日、早くも返却しに行こうかと思ったほどだ。それが今では、指でタップしたり広げたり縮めたり、マイクに話しかけたりと、何がそんなに悩ましかったのか思い出せないほどだが、当初はそんな指の動きが、実に複雑怪奇に思えたのである。

人に何かを教えるのはむずかしい。

自分でわかっているのとはまた別の話だ。こっちがわかっているからこそ、相手のわからないことがわからない。買った日の心もとなさも疾《と》うに忘れた。あれだけヘルプデスクに電話をかけまくり、スタッフのお兄さんを振り回したのもはるか昔のできごとだ。

まずはホーム画面に何度も戻って見慣れてもらうしかない。押すボタンを覚えてもらうしかない。

人に頼られると俄然、張り切るたちのわたしである。それだけに、相手が同じような姿勢を見せてくれないと不満である。母も、わざわざ娘を呼びつけたとあって真剣である。どこか間違ったところを押すとたちまち壊れるのではないかと恐れているので、ホームボタンを押す手に力がはいってプルプル震えている。力を込めれば込めるほど、ホーム画面に戻らない。わたしが軽くポンと押してみる。ホーム画面に戻る。母が押す。音声操作画面が開いてしまう。わたしが優越感に浸りながら押す。画面が元に戻る。

「あんたの言うことは聞くのに、わたしの言うことは、ちいとも聞かん」

母が嘆く。

すると音声操作機能が反応して、「お役に立てなくて申し訳ありません」と答える。微妙に的を射た回答だ。

ちっとも言うことをきかん、というのはどこかで聞いたセリフである。それも昔々に……。力ずくでなんとかしようとしても意のままにならないのは、機械も子供も同じである。そういう名言が思い浮かぶのだが、あてこすりのように聞こえそうなので敢えて口に出さない。

こんなに簡単なことで認められるのはうれしくなくもないが、それだけ母が老いたということでもある。どこかにそのことを認めたくない自分がいる。だからこそ、教える声に力がこもる。

「さっきここを押したでしょ」

「そやったっけ?」

なんとも歯がゆい。これが八十代半ばの記憶力というものか。

「とにかくな、電話だけできればそれでいいんじゃ」とすでに疲れ始めた母が話をまとめようとする。なんとか通話ができる段階にこぎつけたので、ひとまず終わりにしたい雰囲気である。彼女なりの目標値に達したのだ。

しかし、わたしとしてはそこで終わらせたくない。諦めたくない。せっかくのスマホである。通話だけというのでは、もったいない。もっと便利で楽しい機能があるのに……。閉鎖的過ぎる世界が広がる可能性があるのに、と自分じゃそれほど世界が広がったわけでもないのにそう思う。相手が望んでいようといまいともはや関係ない。

こんなふうに母も、算数の九九やら国語の漢字やらをもっともっとと、わたしに教え込んだんだろうな、というのがうっすらと想像できる。やればできるのに! と腹を立てながら。

「それじゃ、もう一回やってみて」

「ええっと、どやったっけ……」

小休止の間に振り出しに戻っている。じれったくなって、つい、代わりに操作してしまいたくなる。

こちらの質問したことだけを淡々と、辛抱強く教えてくれるヘルプデスクのお兄さんの偉大さがわかる。自らの耳の遠さや物分かりの悪さを、ヘルプデスク側の説明のせいにして怒鳴り散らす輩だって少なくないだろうに。「サービスの品質向上のために録音させていただきます……」などというテープが回っているが、そのようにけん制したい気持ちもわかる。ともかく商売だから、相手は他人だからできるんだろうな。

遠ざかる記憶のしっぽを追いかけてつかもうとするかのように、自分の存在を母の脳裏に叩き込もうとするかのように、わたしは食い下がる。

もはやスマホの操作方法の次元ではなくなっている。

「ん、もう～。何度言ったらわかるの」。心の中で繰り返すわたしがいる。

遠い昔、聞き慣れたセリフである。

「何度言ったらわかるの」

机に広げたやりかけの夏休みドリルを前に、赤鉛筆を振りかざして隣に座る母の声が耳元で蘇る。

# 鬼は〜外

コンビニやスーパーが、バレンタインデー仕様のピンク色に染まるまでの短い間、登場するのが鬼のお面と豆のセットである。少し奮発して升にはいったものもある。それがちょっとした贈り物のように、ラッピングして売られている。白やピンクの砂糖をまぶした豆などが混ざっており、見た目も華やかである。

実家でも、わたしが子供の頃、そして息子が小さい頃、豆まきをしていた。

取り仕切るのは父であった。季節ごとの行事に無頓着に見える父であるが、雑煮や松飾り、年賀状、そして豆まきなどについては、きちっと行わないと気が済まないようであった。

どうせ外にまいてしまうのだからと、用意する豆は硬い炒り豆である。しかしそれはそれで、普段甘いものを食べ慣れている舌には新鮮であった。

「あとで掃除するのが大変だから、家の中にばかりまかないでちょうだい」と、まくそばから母がモップで掃き出して回るのが、興ざめであった。せっかく家に招き入れられた福も、この一撃で鬼と一緒に庭に放り出されたかもしれない。

豆まきのあとには、年の数だけ食べることができる。

わたしは律儀にそれを守っていたが、息子は豆をまくのもそっちのけ。モップと競争するように、あっちに飛び跳ね、こっちに飛びのきながら、床に散らばった豆をぼりぼりとむさぼり食っていた。

その息子も、小学校高学年ぐらいになると付き合わなくなった。男の子の方が、こうしたことが照れくさくなる年齢は早いのではないだろうか。食事を終えるとさっさと自分の部屋に引き揚げていた。そうなると、わたしもやはり御勘弁願いたくなる。

しかし、それでも父は、母に豆を用意させていた。節分の二、三日前になり、鬼の絵柄の袋を台所で見かけると、わたしは気が重くなった。

当日、夕食を終え、テレビを見ていた父が、「そうだ。今日は豆まきやないか」と、まるで今思いついたかのように立ち上がる。そして窓を大きく開け放し、「鬼は～ソト、福は～ウチ」と力を込めて豆を放つ。

山の中の一軒家ならともかく、住宅街である。両隣、真向かい、はす向かいには、家が建ち並んでいる。そんなに大きな声を出さなくっても……、早く終わってくれればいいのに、と思いながら、いたたまれない心地がした。初老の父がひとり張り切って豆まきをするその姿は切なくもあり、今風に言うと、「イタイ」のであった。

開け放した窓からは冷たい風が吹き込み、部屋の中がたちまち冷えてくる。早々に自分の部屋に引き揚げてしまうのもなんだか薄情な気がして、わたしはもじもじとその場に居残っていた。

一年に一度ぐらい付き合ってあげてもいいのに……という気もするが、〝豆を一心不乱にまき続ける自分の姿〟を外から眺める自分が、参加を拒むのであった。

四季折々の行事の中でもこの節分だけは、鬼のお面を怖がるような小さい子供がいないと、盛り上がらないのである。


この、〝ひとり豆まき〟は、父が喜寿を越えた頃まで続いたようである。

わたしが季節の節目の行事の大切さに気づき始めたのは、最近のことだ。

何か月も経ってから、モップをかけたはずの部屋の隅やソファーの下から、ころころと転がり出てくる〝福〟にお目にかかることはもうないだろう。

## 「これでほっとした」

父が認知症の診断を受けた。令和三年十二月だった。

会話はまだきちんとできている父を前に、病名をはっきりと言うのがはばかられたのか、神経内科の医師はＭＲＩの画像を見ながら、「脳が全体的に委縮してますね。それと海馬も」とさらりと言った。

本人はもちろん、母も、海馬ってなんのことやらわからなかったと思うが、わたしにはわかった。それ以上突き詰めて聞く気にもならなかった。

これといって治療法がなく、不可逆的に進んでいくしかない病気。進行をできるだけ食い止める薬を試してみるしかない病。語弊があるかもしれないが、治療方法がないというのは気持ちが楽だ。諦めといったらいいのか。直接、命に関わるわけではない。別の治療法はないか、セカンドオピニオンを検討したり、ほかの病院を探して右往左往したりしなくても済むということだ。きれいごとを言うなら、目の前の父に向き合い、この事実を受け入れる作業に専念できるということだ。

母からは、治療につないでくれたことを大いに感謝されたが、むしろ認知症という現実が明らかになったことで、わたしは複雑な気分だった。

当初、かかりつけ医に紹介状を書いてもらって病院に行くよう提案したのは、歩行の困難が目立ったからだ。治る認知症、正常圧水頭症を疑ったのだ。しかし父は八十七歳。もし仮にこの病気で手術となれば、それはそれで葛藤があっただろう。頭に穴をあけるのだ。手術なんかしなければよかったということにもなりかねない。

実際には、父の認知症を受け入れるのは、そう、たやすいことではなかった。毎日涙と嗚咽がほとばしるように出た。通勤電車の中でも、自転車の上でも、泣き顔を気取られないために、マスクはとても役立った。

東日本大震災の日、体調を崩して父が入院した。計画停電の影響で電車が止まったのをものともせずに病院に駆けつけたのは、わたしにとっての〝大地〟が崩れかかっているように思ったからだった。

大相撲の日の丸を見た父に、「今日は祝日か？」と聞かれてとまどったのは、何年前だろうか。平成二十九年に覚束ない足取りながら電車に乗って、一緒に銀座にまで行った。ほんの数年前のことだ。あの時はこんなこともできた、あれもだいじょうぶだったと、つい、時間を戻したくなる。

わたしが平塚に引っ越す時、電化製品を揃えるために、ヨドバシカメラの店内を張り切って歩き回っていたあの日から、十年近く経っていた。

人柄は以前の父と変わらないが、記憶力や理解力の衰えは明白だった。病気じゃなかった頃の父の姿ばかりが次々と浮かんだ。胸がつぶれる思いというのはこんなことを言うのだとわかった。

父は若い頃から、知っていることも知らないように振る舞う、とぼける癖があった。ひょっとして、これもまたとぼけているだけなのではないか、演技しているのかもしれないなどと、そう思いたい自分がいた。認知症の初期のうちは、うまく話を合わせようと取り繕おうとするものらしいが、取り繕えるものなら一生取り繕い続けて欲しかった。

歩行障害の方は、間欠性跛行かもしれないとも言われたが、受けた検査はシロだった。「急に座り込んだりするんです」と母から聞いた医師が、進行性核上性麻痺を疑い、その検査をすることになった。なんとなく聞き覚えのある――そう、指定難病の一覧表で見覚えのある病名だった。職場の保健所で、わたしは指定難病医療費助成の申請受付の仕事をしていた。きっとその時、この病名を見かけたのだと思う。

医師からこの病気かもしれないと言われて、わたしは徹底的に調べ始めた。ネットで検索すれば、情報などいくらでも出てきた。原因は不明で治療法も確立されていない。それが指定難病だ。事務処理の一環としてしか見ていなかった病名が、なまなましく身近に迫った。中には、潰瘍性大腸炎のように寛解に持っていける病気もある。その可能性を探って調べまくったが、得られる情報は、どれもこれも絶望的なものだった。パーキンソン病に似てはいるが、パーキンソンの薬は一時的にしか効かず、そのうち嚥下障害を起こして、胃ろうの選択を余儀なくされる。気管切開という言葉も並んでいる。そしていずれは寝たきり。一年以内に亡くなる人もいれば、十年かけてゆっくり進行する人もいるという。なんといっても「進行性」なのだ。

父の歩きづらさは七、八年前からだから、きっと十年かけてゆっくり進むタイプなのだろう。いずれにせよ、救いようのない気分になった。老老介護の末の心中という見出しがちらついた。そればかりでなく、飛び降りたり火を放ったりして、人生を無謀なやりかたで早々に終わらせてしまった人たちの存在もぐっと近づいた。死にたい、とつぶやいてみると、不思議なことに気持ちがいくぶん落ち着いた。

検査の結果は、年末も押し迫った十二月二十八日午前中。仕事は休めなかったので、わたしは診察に立ち会わなかった。病院は近いのだし、詳細はあとからひとりで聞きに行けばいいとも思った。それに怖かった。その病名をはっきりと医師の口から聞くのが。

結果を待ちきれず、昼休みに実家に電話すると、すでに両親は帰宅しており、母の明るい声が聞こえた。進行性核上性麻痺ではなく、腰のあたりに動脈瘤があり、それが圧迫して歩きにくいのだという。これが大きくなったら切除すればいいと言われたそうだ。指定難病という意味を知らなくても、彼らは彼らなりに、大変な病気だったらどうしようと、結果説明に赴くのに恐怖心でいっぱいだったそうだ。

この病気じゃなかったんだと思うと、一気に気が抜けた。医師も、確定する前にそんな病名を口にしないで欲しい。そう言われれば、核上性麻痺はよく転び、顔中傷だらけという文面があったが、父の場合は、ふっと力が抜けるようにしゃがみ込むといった具合で、しょっちゅう転ぶというのではなかった。冷静に考えれば違ったかもしれないが、いろんなタイプがあるというから、素人判断で違うとも言えなかった。専門の先生が疑うのだから、そうに違いないと思った。認知症だと診断された時は受け入れがたく、悲しみしかなかったのに、指定難病などではなく、ただの認知症だとわかった時はほっとした。

とりあえず、大変な病気ではなかったということで、年越しは穏やかな時間になった。検査結果が年明けだったら、嚥下障害を恐れて、モチなど食べられなかっただろう。しかし認知症は認知症だ。「進行」していくことに変わりない。

新型コロナウイルス感染症が真っ盛りの頃だった。前日に抗原検査を受け、十二月三十日に帰省した。すると、年賀状書きのために、お取り込みの真っ最中だった。こんな時期になってもまだ出し終わっていないのは、普段の父からすると、ありえないことだった。ここ数年の間に覚えたパソコンの操作方法はすっかり忘れてしまい、それより以前に覚えたワープロ操作で四苦八苦していた。印刷し終わったハガキは、住所と宛名の位置が思いきりずれており、本人ともども大笑いした。本当は笑いごとではない事態が起きているのだが、あとから振り返ったら、「あの時は、正月に年賀状を書くということをまだ認識していたよね」「なんとか自力で書こうとしていたよね」と懐かしくなるだろう。差出人の欄が未だに空白で、そこを書いて欲しいと頼まれた。今日中に投函したいと言う。今さらそんなに急がなくてもと思うのだが、せっかちな父には気がかりなようだった。こうした単純な事務作業をわたしは得意とする。こんなふうに頼られると、さらに張り切るたちなのだ。

お昼をまわった頃には書き上がり、母がポストに出しに行った。

「これでほっとした」。父が言った。それがわたしへのねぎらいの言葉だというのが、伝わってきた。

夕方になって父はもう一度、これでほっとした、と言った。

松飾りの手伝いをした。日差しは温かかったが風が強く、薄着で庭に出てきた父が風邪をひかないかひやひやした。

三日の午後、いつものようにタクシー代を持たされて、門の前まで見送りに出てこられた時は、泣きそうになった。ひとり暮らしを始めて十年近くになる。何度繰り返しても慣れない場面だ。今回が最後かもしれないと思いながら十年経ったというのも、なんだか滑稽な気がするが、顔を覚えていてくれるのが最後かもしれないというのは、もはや冗談ごとではなくなった。それだけでなく、正月が近づいたことを認識し、多少ずれていても年賀状を印刷し、松飾りを飾る日にちにこだわり、雑煮を食べるという習慣を覚えているということは、今後、父にとってあたりまえのことではなくなっていくのだろう。

わたしがせっせと差出人を書くのを手伝ったことも、そのうち忘れてしまうかもしれないが、心底ほっとしてねぎらってくれたあの時のあの言葉は、わたしが覚えていればそれでいいのである。

## 蛙の子は蛙

両親の診察に付き添った時のことだ。父の認知症に加えて、母にも軽い脳梗塞が見つかったのだ。母がMRI検査を受けている間、待合室で父となにげなく交わした会話である。

父が、「おれはなんやろうかなあ、プライドっていうのか、こんなことはつまらんことだし、いけないって頭でわかっているのやけど、どうしようもないんだ」と唐突に話し始めた。

なんのことだろうと聞いていると、「歩け、歩けとうるさく言われると、歩きたくなくなるんや」。医師からは、歩行訓練のためになるべく歩いた方がいいと言われていた。確かに、今から歩こうかな、と思っている時に、母に先を越されてガミガミ催促されると、上げかけた腰をまた下ろしたくなるだろう。

さらに続ける。「外を歩くやろ。女の人に抜かされたりすると、追い越したくなるんや。でも今はそれができないからなあ」

自分の歩行能力の衰えがわかってしまうことも、父が外に出たくない理由らしい。

命令されて動くのも、追い越されるのも、常に優位に立ちたい父にとっては、耐えがたいことなのだ。しかしそうした性分の無意味さについて、本人は自覚していたようだ。

わたしが通っていた幼稚園の運動会。父には、「親子競走」で、何組かの親子をごぼう抜きにしてゴールに駆け込んだ実績がある。わたしの記憶にはないが、父の背中に負ぶさったわたしは、ほぼ腕一本で支えられており、周囲の観客からは歓声とも応援ともつかない声が上がったと母から聞いた。

「背中にあんたがひっついて、落ちそうになっとるんで、周りももう、キャーキャー言っとったわ」と母は、その場面が今目の前に展開しているかのように懐かしむ。

父は学生時代、水泳部にはいっていたので、体力に自信があったのだと思う。だからこそ、現在の、摺り足でしか歩けない状態が、受け入れがたいのだろう。

聞くまでもないと思ったが、「じゃあ、介護認定を受けてデイケアへ通うなんていうのは嫌だろうねえ」と尋ねると、「それは嫌やなあ。昔、同じ会社の部下だった奴らに見られるかもしれんやろ」と予想通りの答えが返ってきた。かつての同僚の何人かが近所に住んでいる。そうした施設で鉢合わせする可能性もあるだろう。老いて見かけは変わっても、珍しい苗字なのですぐにばれてしまうかもしれない。

こんなふうに見栄を張り続けられても、支えるわたしたちが今後、困ることになるかもしれないなあ、ととまどいながらも、それでも最晩年になって、よくぞ本心を言ってくれたと感動に近い感情が湧いてきた。父にしてみれば、これまで隙なくコントロールできたことが次々と思うに任せないようになって気が弱くなるとともに、鎧が取れてきたのだろうか。

そして気がついた。

わたしも、こうした父の性分を受け継いでいることに。

高校生の時、自転車に乗っていたわたしは同級生に先を越されてむきになり、追い越したことがあった。職場でも、ありえないほど早く仕事を仕上げ（本当はヘロヘロなのに）、どうってこともないふうを装って、「どや顔」をしてみせるのはしょっちゅうだった。

他人と我が身をひき比べては落ち込んだり、距離を取ったり、張り合ったりと、無益でひとりよがりな争いに自分で自分を追い込んできた。

いけないことだ、つまらないことだと頭でわかっているのに、という父のセリフは、そのままわたしの実感でもある。そして、わたし自身、父に対してさえもどこか張り合ってきたところがある。

父は自分の生きづらさについて、わかっていたのだ。それはわたしの生きづらさでもあった。もしかしたら自分のことにかこつけて、「おまえもおれとそっくりだから、気をつけろ」。そう忠告してくれようとしたのかもしれない。

# 介護認定

地域包括支援センターのスタッフを招いて、介護保険サービスの説明と認定申請の代理をお願いした。令和四年。年も押し迫った十二月の終わりの話である。父が認知症の診断を受けて、ちょうど一年になる。人の助けを得ることに抵抗を示していた父が案外乗り気になったので意外に思いつつも、気が変わらないうちにさっさと予約を取った。

さらに、「お父さんの面倒はわたしが最後まで見るから！」と息まいていた母も、軽い脳梗塞の後遺症で、本人曰く〝ひょろひょろする〟そうで、ふたりまとめて介護保険のお世話になることにしたのである。

約束の午前十時。バイクにまたがってやってきたのは、体格がよく若い男性スタッフ。仕事柄、ひとあたりがよく朗らかである。業務上の愛想のよさとわかっていても、印象と言葉遣いは大事である。申請までの手順やサービス内容の説明の合間に、わたしが聞きたいと思っていたことを聞く。母が心配ごとやエピソードを話す。父がなんとか話にはいってこようと質問するのだが、微妙にずれている。それらに対して、スタッフが、パンフレットのそこここを指し示しながらわかりやすく説明してくれる。その時はよく理解できても、段々と情報量が積み重なっていくうちに、どれがどのサービスの話だったか、まぜこぜになってくる。

まとまりのつかない三人が相手だったためか、一時間ほどの予定が優に二時間を超えた。

訪問調査は年明けになるらしい。

ともかく、認定がおりないことには話が前に進まない。基準が厳しくなっていると聞くが、不認定でも、困っていることに変わりがないのだから、症状の程度がまだ軽いのだと喜ぶわけにはいかない。

普段は三人で凝り固まった関係性に、外部の人間がひとり交ざることで、いつもの部屋の中がイベントめいて華やいだ。訪問調査の際の注意事項などを聞いたが、試験でも受けるような気分である。これはしかし、〝できない〟方が認定されるという、これまでとは真逆のタイプの試験である。

# 松飾り

令和四年十二月。年末の休みになるや否や、実家に帰省する。家を出る直前に、新型コロナウイルス感染症の陰性確認をしたが、もはやそんなことにこだわっている場合でもなくなった。感染予防よりも、優先しなくてはならないことがあるのだ。

十二月三十日。

「松、松」と松飾りにこだわる父のために、母と近所のスーパーに行く。店内の花屋はいつになく長蛇の列である。正月用の花を買うための行列であり、松飾りはまさかの売り切れ。父にスマホから電話すると、駅かイトーヨーカドーにまで行って買って欲しいそうで、代用品の輪飾りはいらないと言う。慇懃無礼というのだろうか、言葉遣いはとても丁寧だが、言っている内容は非常に強引だ。自分は何もせずテレビの前に座っているだけなのに、駅まで行くのにどんだけ大変だと思っているのかと怒りが湧く。しかし自分で行きたくとも、足が覚束なく思うに任せない父である。そして今年がもしかして松飾りのことを認識している最後の正月かもしれないと思うと、望みをかなえてあげたい気持ちも湧き、板挟みになる。

おそらく父も若い時分には、わたしたちにとってよかれと思うことをあれこれ算段し、完璧に実現しようと走り回ったのかもしれない。多少無理をして。無理をすると、どうしても払った労力に報いて欲しいと、恩に着せたくもなる。ことあるごとに、「ありがとうは?」と言っていた父の姿がちらと頭に浮かぶ。

が、もはやわたしには、走るどころか、バスに乗って駅やヨーカドーに出向く気力も体力もない。一旦母を連れて家まで戻り、代用品の安っぽい輪飾りで父を納得させて、再度、くだんのスーパーに取って返す。さっきまで山積みだった五百円ほどの代物でさえ、残りふたつになっている。皆さん、正月飾りは形だけでもきちんと行いたいらしい。この界隈は一戸建てが多い。今年新築したとなれば、なおさらだろう。

玄関のドア脇に、その安価な輪飾りは、少し傾いて取りつけられた。まっすぐに修正する気力も熱意もない。松飾りでなければもうどうでもいいのかもしれない。これでなくてはいけない、というこだわりの強い人は、代用品に対しては冷たい。こだわりも年を重ねると、手放さざるをえなくなる。妥協せざるをえなくなる。同じような性分のわたしには、ひとごとではない。こだわりを捨てることができればどんなに楽だろうと思いながら、捨てられないのだ。

父の、こだわる性分だけでなく、自分を大きく見せる傾向は晩年になっても変わらなかった。むしろ尖鋭化したかもしれない。現役を退き、体力的にも衰えを感じてきたからこそ、必要になったのかもしれない。

ケアマネさんや通所リハビリサービスのスタッフ相手に、かつて、三千人の部下を束ねる工場の工場長であったことや、国体に出場経験のある水泳選手として、ぶいぶい言わせたことなどを誇らしげに話して聞かせている。「それはすごいですね」と、形だけでもおだてながら話を聞いてくれる相手を得て、自慢癖は急に盛り上がりを見せたように思える。そのたびに母が横っちょから、「それは昔の話じゃないの」と小さな声でいさめる。彼女にとっては、いつまでも過去の栄光にしがみついている父が、恥ずかしくてしかたがないのだ。

父が六歳の時、妹が生まれた。それまで四人兄弟の末っ子として自分に注がれていた注目と関心が、いっぺんに彼女に移ってしまっただろう。それらを取り戻したいと思ったことはないだろうか。それ以来、承認欲求が人一倍強くなったのだろうか。

現役時代、食事の世話をしながら、母は父の武勇伝を相槌を打ちながら聞いていた。わたしはそういう話をひどく苦々しく思ったものだが、頭のてっぺんから足の先まで見る影もなく老いてしまった今となっては、それもまた御愛嬌のように思え、聞き流すことができるようになった。介護職のスタッフにしても、男性利用者の自慢話はよくあることとして聞き慣れているだろう。

そういう意味では、父にとっては不本意かもしれないが、自慢すればするほど、そこいらの高齢者とおんなじになってしまった。

前年の十二月、父は認知症の診断を受けた。当初は受け入れがたく思えたが、一年も経つと慣れた。薬のおかげか進行もゆるやかで、父が父であることに変わりはなかった。しかし物忘れは進んだようだ。何度も聞き返すのは、本人なりに重要なことだと認識しているからだ、とものの本に書いてあったので、わたしも心得顔に、今初めて質問されたかのように穏やかに答えているが、それだって別々に住んでいるからこそできるのだろう。朝から晩までこの繰り返しに付き合っている母は、声がついとんがってしまう。わたしは父の認知症よりも、母が声を荒らげたり、父の記憶違いを、こてんぱんに否定するその方が聞いていて辛い。

# 母、救急搬送される

夜、テレビを見ていると母から電話があった。令和五年の年明け早々、夜八時過ぎ頃だっただろうか。これから救急車を呼ぶと言う。いつにも増して足元がふらふらする、これは脳梗塞の再発に違いないと言うのだ。

昼間に、介護認定の訪問調査の日程が決まったという話をしたばかりだ。

電話だけでは、具体的にどんな様子なのかわからない。電話をしてきたのは母自身なので、受話器を取って話す力はあるようだ。体の不調を訴えて医療機関に駆け込み、どこも悪くないと言われてけろっと帰ってくることの多い母だ。もしかして今回も……という思いが湧く。しかし脳梗塞を発症している。年末には、足元のふらつきが診断当初よりも強くなってきているみたいだと話していた。それを聞き流していたことを悔いる。

今度は父から電話が来る。これから救急車を呼ぶと言う。タクシーでも、救急車でも、配車は父の役目なのだ。父が付き添いとはなんとも頼りないが、やむをえない。「わたしが行くまで待って」というのでは、救急らしくない。病院が決まったら電話をくれるように言って切る。すぐに出かけられる用意をしたらいいのに、なぜかその時は、体が動かなかった。慌ただしく動くと、現実が実感されるような気がしたのかもしれない。テレビなんか見ても、中身はもちろん頭にはいらない。体中に震えが来たのは、寒さのせいだけではない。自分の携帯電話の番号を誤って伝えたようで気が気ではない。搬送先がわたしの家の近所の病院なら、救急車は自宅の前を通るはずだが、その日に限って静かだ。電話番号の伝え間違いや聞き違いで万が一の連絡が遅れでもしたら……と不吉な予感ばかりが募る。

小一時間もした頃、父から電話がはいる。近くの公立病院に搬送されたらしい。わたしのスマホの不調か、それとも電波の具合かすぐに切れてしまい、今度は看護師さんから連絡がはいる。が、また切れてしまう。病院の公衆電話かららしく、着信番号の表示が出ないので折り返すこともできない。とにかく病院名と、「来れるか？」「今、検査の結果待ちだ」という言葉を聞けば、あとはもう次に取る行動は決まった。出かける準備を素早く整える。

救急外来にいるらしいが、それがどのあたりなのかわからない。念のため病院に電話すると守衛さんらしき人が出て、個人情報は教えられないと言う。

家を出る。自転車をあらん限りの力でこぐ。夜も九時を過ぎ、外は寒いはずなのだが寒さは全く感じなかった。祈るしかないような気分だ。こういう状況の時は本当に祈るしかない。それは父の手術の時もそうだった。

「母が死んでしまうなんて、このままいなくなってしまうなんて断じて嫌だ。絶対に嫌だ」

自転車をこぎながら、小走りに駅に向かいながら、そう思った。着いたとたん、白い布を顔にかぶった母と御対面なんて絶対に御免だ。何かというと加持祈禱に頼っていた昔の人と、医療が格段に発達した現代、行きつくところは祈りしかないというのは同じだ。

発車間際のシーサイドラインに乗り込む。海の上をゆっくりと走る無人の車両は、昼間はのどかだが、こんな時には、ただただのろくさく感じるだけだ。真っ黒な海が窓の外に広がっている。病院が駅直結なのが救いだった。病院の入り口をくぐったところで、再び看護師さんから電話がはいる。何度も電話が切れてしまったので、わたしが搬送先を知らないと思っていたようで、すでに病院にいることが意外な様子だった。

「母はだいじょうぶですか」と勢い込んで聞くと、「はい、もう帰れますよ」とひとこと。「やっぱりそうか」。あれほど心配したのに、この結果もまた想定していたような気がした。ほっとするとともに気が抜けた。笑いごとではないのに、ため息とともに笑いが漏れた。

それでも、慌てた気分の延長線上で救急外来までの案内を請い、さっきの電話の相手とおぼしき守衛さんに名乗り、表示を頼りに部屋に急いだ。

スライド式のドアを開けると、車椅子にちょこんと乗せられた母が、「すまんな」とこちらを少し振り返りながら言った。明るい表情の若い看護師さんと医師が付き添ってくれており、父が、置かれた状況になすすべもないといった感じで、脇に突っ立っている。

帰りはタクシーで一緒に実家に戻った。タクシーとはいえ、ヨレヨレの彼らふたりだけを夜中に帰すのも心配だった。父が、「おれが（道を）案内するから」、と暗闇の中に目を凝らすのだが、住宅街の街灯はただでさえ暗い。このためにだけでも、わたしが来て役に立った。

タクシーの乗り降りの様子を見ると、彼らが予想以上に覚束なくなっていて愕然とした。根っこを抜かれた植物が、風の吹くままに、ふうらりふうらり漂っているように見える。サスペンダーをする時間もなかったのだろう。ズボンの裾がだぶついている父の姿が、いっそうみすぼらしく感じられる。車の乗り降りだけ見ると、どちらが患者かわからない。

家に着くと、すでに午後十一時近い。救急車を呼ぶから、と電話があってから、時間にすればほんの三時間ほどしか経っていないのに、長い時間が過ぎたように思えた。

夕食の途中で起こった修羅場と見えて、冷えて固まったカレーがいかにもまずそうに、食器にこびりついて残っている。

「食べる？」

母が多少申し訳なさそうに父に聞く。大騒ぎしたものの、なんでもなかったので、きまりが悪そうだった。

「もうええわ、胸がいっぱいだ」と父が答える。妙に実感がこもっている。足元だけでなく、判断力や行動力が覚束ない中、母の苛立った声に煽られて、あたふたと着替えて救急車を呼んだのだろう。

「もしもわたしが入院ということになったら、お父さんを連れて帰ってもらわんといけないと思って、それであんたを呼んだのよ」と母が言い訳のように何度も言う。「ものが二重に見えたり、ふらつきが強くなったりと、そんな症状があったら躊躇なく「119番」、という記事に煽られもしたらしい。

　両親には、何度もお礼とねぎらいの言葉をかけられた。命に別状がなくてよかったというのは確かだが、やはりお馴染みの症状に振り回された。わたしが年末年始を実家で過ごして家に戻った翌日から具合がよくなかったという。意図的ではないにせよ、心細さから、結果的にわたしを呼び寄せることになったのだろうか。

　その夜は興奮冷めやらず、一睡もできなかった。翌日は実家から直接出勤した。申し訳ないと思ったのか、出勤時間に合わせて父も母も早々に起きてきた。その日は監査資料の締切日。自分で日にちを設定しておいて休暇を取るのも意図的に思われそうだ。出勤できることをありがたく思ったのは、もしかしたら初めてかもしれない。

　体はきつかったはずなのに、日常が壊れなかったことに安堵したのだろうか。同僚とも話す機会が多く、苦手な上司も休暇中とあって、なにやら張り切った一日となった。

# 笑えない話

要介護認定を受けるための訪問調査の日がやってきた。令和五年の年明け早々である。

本人の前で言いにくいことは、調査員にメモを渡せばいいということだったが、あれもこれもと盛り込んでいるうちに、メモの範囲を超えて、父母ふたり分を合わせてちょっとした作文ほどの分量になった。あれもできない、これもできない、こんなことも困っている、と親のあらを探しているような罪悪感と、彼らの上に初めて立ったような優越感に似た気持ちが入り交じる。

調査にやってきたのは、山登りでもするような大きなリュックを背負い、分厚いダウンジャケットに身を包んだがっしりとした男性である。挨拶をひと通り終えたところで、早速、わたしの作文もどきのメモに目を通してもらう。父の症状に、〝重度の難聴で〟と書いたので、今回の調査にあたって、質問する際の声の大きさを調整する。母の繰り言は、はなから聞く気がないせいか、右から左に抜けてしまい、結果、「全く聞こえていないじゃないの！」と彼女のひんしゅくをかってしまうのだが、今日のような場面は父なりに重要であると認識しているらしく、さほど大きな声を出さなくても、だいたい聞こえるようだった。

いよいよ調査開始である。

図らずも、調査員の脇にピタッと座った感じになったわたしから、調査用紙が垣間見える。〔1　できる〕〔2　介助があればできる〕〔3　できない〕といったようなチェック項目があり、本人に質問したり、わたしに聞いたりしながら彼が○をつけていく。普通の試験なら、「できる」がたくさんあった方がうれしいはずだが、今回ばかりはそうも言ってはいられない。父本人にしてみたら、ちゃんとやっているように見せたい気持ちと、不自由であるのを認めざるをえない気持ちとの葛藤があるようだ。足が覚束ないのはあっさり認めたが、認知機能の衰えについては、受け入れがたいと思っているのがわかる。「足以外は全く問題がない！」とは、父が繰り返していたセリフだ。

わたしはわたしで、相談者の立場からの、高みの見物にも似たような位置におり、日頃の不自由や不便が正確に調査員に伝わって、認定がおりて欲しいという姿勢に終始した。

母はというと、父が質問にハキハキ答えないものだからもどかしいらしく、ただでさえ口を挟む性分がそれに輪をかけて、横合いからあれこれ説明するので、かえって話が質問の主旨からはずれて雑談レベルにまで広がってしまい、そのたびにわたしはハラハラする。

そしてこんな時には、思いがけないことも起こる。

調査員さんが聞く。

「今は春、夏、秋、冬の、どの季節ですか?」

父曰く「今はいい小春日和で……」

小春日和という単語を知っているところを見せたかったのかもしれないが、墓穴を掘った。暖房をつけて暖かい洋服を着込んでいるのに、「冬」と答えられないってどういうことなんだろう——。これまでの回答に、〔1　できる〕が多かったので、幸か不幸か、〝認定〟に一歩近づいた。

続いて母にも同じ質問がされる。当然「冬」と答えると思っていたら、父の小春日和発言に引きずられたのか、「そうねえ、今日みたいな小春日和はいいわねえ」としみじみとした風情で言う。

もう、ぎょっとして、思わず、調査員さんと顔を見合わせたわね。

念のため、「今が春夏秋冬のいつかって聞いているんだけど」とわたしが言うと、母は気がついたようで、「あら、そういうことなの。それなら、冬よ! 冬です!」と自分まで認知機能に障害があると思われたらタイヘンとばかりに慌てて修正する。

結局その場は、調査員さんが、「わたしの質問のしかたが悪かったかなあ」と言ってくれたが本当にそうだろうか。高齢者との同居経験がないので、年相応の勘違いや物忘れと病気との区別がつかず、こうした場面に出くわすたびに、家ごと、正常な世界からぶっつりと切り離されたような気分になる。

# 通院、付き添い

昨日の介護認定調査では、母がまさかの受け答えをして動揺した。

彼女曰く、「今がいつの季節かなんて、そんなあたりまえのこと聞かれるなんて思ってなかったじゃないの」。思い込みが激しいというのだろうか、母には母独自の思考回路が流れており、それが時として周囲の流れにそぐわないといったことが起こる。社会性の問題といってしまったら身もふたもないが、人の話をよく聞いていないというのが前提にあるのだ。昔からの性分なので、そう答えてしまうこともあるかもしれない。しかし、脳梗塞を発症している。脳血管性の認知症……という言葉が昨日以来、わたしの頭から離れない。「冬」と答えられなかった時、調査員さんがこちらを向いて小さな声で、「ちょっと変ですね」と言った言葉が忘れられない。

父も余計なことを言うこともなく、お互い、穏やかで礼儀正しい調査に終わった。あとは結果待ち。認定されても、かえって気を使うとかなんとか言って、サービスを受ける段階にいたるかは甚だ怪しい。見守りつきの入浴や、付き添いつきの散歩などというのも、父が望むかどうか——。

認定調査を終えてひと息つく間もなく、せっかくわたしが来ているのだからということで、父の通院に母と付き添う。脳神経内科から眼科、皮膚科、おまけに床屋、とフルコースである。実家には車がない。タクシーを利用するため、一度にできるだけ多くの用事を済ませたいのだ。頭のてっぺんに毛がポヤポヤと植わっている程度なのだから、この際、床屋などどうでもよさそうなものなのに、ひと月に一度、実にマメに通っている。

脳神経内科までのタクシードライバーは、「〇〇クリニックさん、空いているといいですね。あそこはいつも混んでいるから」とお愛想を言ってくれる穏やかそうな初老のかたで、実にありがたい気持ちがした。中には、目にもまばゆい真っ白なシートでやってきて、「お尻、はたいてから乗って！　洗ったばかりなんだから」だの、「〇号線は空いていますか？」の質問に、「〇号線たって端っこから端っこまで長いんだから。どの辺のこと？」と揚げ足を取って、こちらの弱い立場が情けなくなるようなからみかたをしてくる輩もいるのだ。

クリニックは土曜日のせいか混んでおり、待合室の椅子には、ぎっしりと人が座っている。待つこと二時間余り、座っているのにも飽きてきた頃、ようやく名前を呼ばれた。付き添いの多いクリニックとはいえ、三人も一緒に診察室にはいるのも大げさな気もしたが、昨日の認定調査の報告や今後の薬の分量、新薬の適用見込みなどを聞きたかった。本日の先生の御機嫌の良し悪しが気になるたちのわたしは、部屋にはいるや否や、先生の顔色を窺ってしまう。

「二、三日前の新聞に……」と母がアルツハイマー型認知症の新薬承認について、遠慮がちに尋ねる。先生が、これから効能をいろいろ調べたりして時間がかかることや、年齢に制限がかかる可能性があること、医療費の話などをしてくれる。次世代に向けていろんな薬が出るだろうとも。寿命とどちらが早いかわからない、もう自分たちの世代になるかもしれないですね、などとわたしが先回りしてブラックジョークまがいに言うと、ブラックな笑いが起きてその場が和んだ。笑っている場合ではないが、笑うしかない。

客観的に見ればどう見てもわたしは付き添い、あるいは保護者のような立場であり、三人の中では、一番話が通じる人間なのだが、それを察して医師がこちらに視線を移して説明を始めると、どぎまぎしてしまう。気づけばそんな立場に成り上がっていたという感じで慣れていないのだ。親が一緒にいる時は、彼らがしゃべり、なんでもやってくれていたというような、遠い記憶からまだ抜け出せていない。そんな緊張した時に、受けを狙った話でその場が和めば、存在が認められたような気さえする。今思えば、新薬は父には適用外であると、やんわりとほのめかされてがっかりした様子を気取られたくなくて、あんなふうな軽い受け答えをしてしまったのかもしれない。そういうところ、父に似て強がりなのだ。

会計を終える頃には雨が降り出した。

わたしが処方箋を持ってひと足先に薬局に走る。窓を覗くと、両親がひとつの傘に身を寄せて、足元を気遣いながら、とぼとぼと歩いてくる。胸に迫る思いがする。

支払いを済ませると薬局の人にタクシーを呼んでもらい(これぱかりはわたしは苦手でできない。

薬局はタクシー仲介所ではないのだ)、眼科に急ぐ。十一時五十分。午前中の受付になんとか間に合いそうだ。しかし車がもうすぐ眼科に到着という時に、さっきまであった保険証が見つからない、と父が言い出した。車を降りると、母がやにわに近くの薬局に飛び込み、待合室の長椅子に自分の荷物をぶちまけて、保険証を探す。「さっき、父さんに渡したじゃないの」と言いながらも、いまひとつ自分の記憶力に確信が持てないようだ。薬局のスタッフも、なにごとならんとカウンターの中から母を見ている。勢いに気おされて声をかけるのもはばかられるようだ。中にはいって手伝う勇気はわたしにはない。

「いいのよ、あとで来るんだから」とは母の弁だが、それは眼科で処方が出たあとのことだ。

父は父で、ひとごとのような構えで外に突っ立っている。結局、父のポケットから、半分に折った保険証が見つかった。あきれた。しかし文句を言っている暇も余裕もないので、診察券と保険証を持ってわたしが眼科の階段を駆け上がる。ちょっと走ったからといって大して変わるものでもないのだが、気持ちが急いていると走りたくなる。彼らが階段を上ってくるまでの時間が、実に長く感じられた。

今日は、若先生の診察だ。このクリニックは親子で日替わりの診察をしており、父曰く、若先生と、おやじ先生の仲が悪く、おやじの処方を息子が否定するのだとか。せっかく近所の病院に紹介状を書いてくれたおやじ先生の処方を、ここでまた息子にくつがえされたらと思うと気が気ではない。後ろに見張りのようにくっついていたわたしはつい、口を出してしまう。

若先生が、「ですからいつもと同じです」とちょっとむっとしたように言った。なんだ、こいつは、急に出てきやがって、親子して訳がわからない、とでも思っただろうか。あせっていると、なりふり構わなくなるのは先ほどの母と同じだ。

時計を見ると十二時十五分。皮膚科の午前の診療にも間に合いそうだ。全く間に合わなければ諦めもするが、ちょっと急げばどうにかなりそうだと、つい、どうにかしたくなってくる。短い時間に根詰める、という性分が全開した。一回分のタクシー代で全部済ませたいという両親の、切実な倹約願望もあと押しした。

父から保険証と皮膚科の診察券を預かって走る。傘なんかさしている余裕はない。受付時間には間に合ったが、「患者さん、十二時半までに来られますか」と聞かれ、再び戻ると、くだんの薬局にいる。当然の行動が暢気に思えてしまう。しかも、硬い表情で父曰く、

「皮膚科には行かない」

「は？？　さっき行くって言ったよね。だから診察券を窓口に置いてきたのに！」

キレそうになる。父は父で、頑なにこちらを振り向きもしない。まるでわたしが勝手に診察券を出しに行ったような雰囲気になった。やっぱり皮膚科に行かない、と言おうとしたら、わたしがさっさと行ってしまったのだそうで、不機嫌だ。気が変わるということは誰でもあるが、それがその場の状況にそぐわなくなっている。それともこちらが性急過ぎたのか。

いずれにせよ、マウントを取りたがる父にとって、自分のことなのに自分でコントロールできな

い状況に、ふがいなさと腹立たしさを感じたのかもしれない。

なんとかなだめて父を皮膚科に引っ張っていく。

道々、父の腕を上着の上からつまみながら歩いて驚いた。

「おそっ！」。でんでんむしと歩いているみたいだ。歩くのが遅いのは今に始まったことではない。父を先頭に、家の狭い廊下を三人が偶然同じ方向に進む状況になると、交通渋滞のごとく前がふさがってしまう。「後ろ、詰まってるんですけど」とそれを笑いにしてしまえるほど余裕があった。本人がトイレや寝室に向かうのが遅くても、こちらに害はないのだ。

しかし、今回のように時間制限があると、本当にもどかしい。まだ来ないのかしら、と時計を気にしている皮膚科のスタッフが目に浮かぶ。もどかしさを通り過ぎてじりじりと、ひっくり返りそうにじれったい。追い越されたら追い抜きたいという父の性分からすると、こういう状況は父にとってももどかしいだろう。しかしもはや追い抜くなどというレベルではない。スマホなんかをいじりながら、歩く動作を意識もせずに歩いている周囲の人々が、別の世界の人のように思える。わたしたちふたりは、異次元の世界にこぼれ落ちてしまったかのようだ。

よりによって、皮膚科もまた二階にある。父の体を一段、一段、下から押し上げるようにして階段を上る。到着したのは十二時半の数分前だろうか、前の患者が帰りかけていた。もしかして数分過ぎていたかもしれない。すぐに名前を呼ばれて一緒に診察室にはいる。

実家に住んでいる時に、わたしもよく魚の目を診てもらっていた先生だ。長い間見ないうちに彼もずいぶん老けた。やっと間に合った、やれやれ、これで今日のノルマも終盤といった安堵感と、皮膚の塗り薬なんぞはわたしがしゃしゃり出るほどのこともないだろうといった思いで、ぼんやりと後ろに座って先生と父とのやり取りを聞く。先生がこちらばかり見て話すのもどぎまぎするが、もっぱら父の方しか見ないというのも、なんとなくこちらの存在を無視されているようで居心地が悪い。

どこの医療機関の処方箋にでも対応できるのだから、薬局は一か所でいい。そのため、あとから皮膚科にやってきた母が、「皮膚科の薬と一緒でいいと薬局の人が言ってくれたから」と、目薬の受け取りが保留だと言う。しかしそこがまた父のこだわりで、眼科と皮膚科の薬局は別にしている。目薬を受け取るために、くだんの薬局に走る。ここまで来ればもう急ぐ必要はないのだが、何かにせきたてられるような気分がずっと続いていた。動悸もマックスだ。目薬の次は皮膚科の薬局である。塗り薬の調合に時間がかかり、さんざん待たされた。

すべてが終わり駅のカフェに行くと、父が昼食のサンドイッチをむしゃくしゃ食っている。母はさすがに悪いと思ったらしく、薬局まで迎えに来て待っていてくれた。

食事をしながら、昨日の認定調査の話になる。

「素直にならんといかんかな」と父がぽつりと言う。

父なりに、介護サービスのことを気にしており、他人の助けと介入を受けることに、どこか抵抗があるようだ。

「優位に立ちたいんだよね。わたしもそうだから、わかるよ。でも、できなくなっているんだから(介護を受けるのは)しかたないよね」とわたしがしたり顔で言う。しかし理屈で納得できるような、そんなものではないのだ。人に言うのは易しい。追い越されたら追い越し返したくなる衝動、優位でありたい気持ち、勝ち負けへのこだわりなど、そうしたわたしの性分はどれもこれも父そっくりで、父の言うように、わかっていても、つまらんことだと自覚していてもどうにもならないことなのだ。歩けないのなら杖や車椅子を使えばいいというような単純なことではない。

ここ一年ばかり、通院や介護に伴う実家との関わりが多くなった。

母からは「ありがとう」の言葉が多くなった。お礼を言われてワルイ気はしないが、そのあとに、「やっぱり娘でよかった」と言われると、人格を認められたというよりは、役に立つか立たないかで評価されているようで複雑な思いがする。望んで、あるいは努力して女に生まれたわけではないのだ。

「自分の娘が出戻りだなんて恥ずかしい」と母はよく嘆いたものだが、このように助っ人のごとく駆けつけることができるのは、とりもなおさず独り身だからだ。

サンドイッチを食べ終わると母が言った。

「こんなじいさん、ばあさんをひとりで抱えてかわいそう」

なんだかひとごとのようだ。そんなふうに言われると、つい、こんなわたしに誰がした？　というような被害妄想さえ抱いてしまう。彼らの安泰は、わたしの不運の上に成り立っているのだろうか。次男次女の気楽な立場だった両親からしてみればそう感じるのだろうが、断じて、かわいそうだなんて言って欲しくはない。

老いては子に従えというじゃないの、とは母の発言だが、謙虚というよりは、頼りなくなった父からわたしへと、するりと依存対象を乗り換えたような、責任を丸投げされたような、したたかささえ感じることがある。弱者の強みというのだろうか。

実家からの帰り、バス停に歩いて向かおうとすると、「あんたに今死なれたら困る」とわざわざタクシーを呼んでくれるのも、冗談めかした言いかたながら、本音も窺える。

わたしにしても、今回、通院に最後まで付き合ったのは、彼らに何かあったら、自分があと味の悪い思いをするからだ。要介護認定の手筈を整えたのも、自分が楽をしたいからだ。

彼らの「必要」を踏み越えて、こちらの都合を優先させて前に進めてきた。気が利いて頼りがいのある娘を演じようと、昨日の訪問調査から今日の通院付き添いまで、張り切り過ぎた。これは演技なのだろうか、両親のためというよりも、自分を認めてもらうための。結果的に彼らの役にも立ったのだったら悪くはないが、切迫感に満ちていた。頼まれたこと以上にやろうとして疲労困憊した。

両親にしてみれば、そこまでしてもらう必要はなかったようだが、床屋に無事送り届け、自分の家に戻るべく、駅に向かった。いつもそうだが、別々の家に戻る寂しさは強烈だ。しかし、ひと息つくためにもひとり住まいの部屋があってよかったとも思う。

家の最寄駅に着くと、雨は止んでいた。

近所のスーパーでいつもと同じ食料を抜かりなく買い揃え、冷蔵庫をいっぱいに満たす。何も失ったものはないことを確かめたいといった、すがるような思い。変わらない日常が返ってきた。帰省が旅行じみたお気楽なイベントだったという時期は疾《と》うに過ぎた。しかしその幻想をいつまでも手放すことができず、気づくと、帰省まであと何日、と数えている。

ドアを開くと細長いワンルームには、西日が奥まで差し込んで、床や壁を黄色く染めていた。わたしがこの静かな空間にとどまっている限り、両親もまたあの家で、いつもと変わらない日常を営み続けているのではないかと思っていられるのである。

## 認定はおりたものの……

両親の介護認定の結果が届いた。

父は要介護1、母が要支援2。主治医の予想通りだ。

代理申請を依頼した地域包括のスタッフに連絡すると、まずはケアマネジャーを決めて彼（または彼女）との契約を結ぶのだとか。具体的なサービスにいたるまでには道のりが遠そうだ。別々のケアマネジャーだと混乱するというので、要支援の担当である地域包括支援センター所属のケアマネさんに、ふたりまとめてお願いすることにした。


さて、認定がおりたのだから、どんなサービスがあるのか、真剣にパンフレットをめくる。

今まで両親ふたりでなんとかやってきたので、いざ利用するとなると具体的に何を頼んだらよいかピンとこないようだ。

父は湯船で腰を抜かした〝前歴〟がある。しかし普段はひとりで入浴できているものを、訪問介護サービスを使って、危険がないか見張っていてもらうだけ、というのも妙な具合だ。ガラス戸越しに、息をひそめて様子を窺っている人の影が見え隠れすれば、のんびり湯船に浸かっている心境ではなくなるだろう。

デイサービスには入浴がついているが、老人福祉施設での新型コロナウイルス感染症のクラスターが意外に尾を引いていることを思うと、積極的に勧めるのも不安が残る。行かなければ感染しなかったのに……という場合もありえる。

介護保険外のサービスとして、食事の配達もあるらしいが、極端に偏食の父が食べられるものは、主食のコメと、ワカメを放り出した味噌汁ぐらいしかないかもしれない。

車がないので、歩いてほんの七、八分のクリニックに行くのにもタクシーを呼ばざるをえず不経済なのだが、これを介護タクシーに変えたところで、費用面ではほぼ変わらないらしい。受付や診察まで付き添ってくれるわけではなく、今のところ自分で乗降できるのだから、それなら普通のタクシーでいいじゃないの、ということになる。

それでは生活に不便がないかというと、そうではない。

制度そのものがかゆいところに手が届かないのか、それともこちらの望みが細か過ぎるのか。本格的に困ってからでは遅過ぎるとばかりに、申請を急ぎ過ぎたのか。

ケアマネさんとの打ち合わせは来週だ。わざわざ家まで来てくれるのに、何も頼まないのはワルイというのでは、誰のためのサービスだかわからない。御用聞きさんに何も注文しないのも悪いとばかりに、不要な味噌やら米を買ってしまうのとは訳が違う。

「通所リハってどんなものか、まずは見学してみたいわね。おもしろそうだったら行ってもいいし」と、カルチャーセンターに通うかのごとくちょっと盛り上がり気味な母の発言を聞くと、それもちょっと違うんだけどな、とフクザツな気分である。

## ケアマネさん、やってくる

通院付き添いだの介護認定だの、ここ一年の間にわたしの関心ごとが高齢化してきた。環境はオソロシイほどに代わり映えがしないのに、中身はじわじわと変化（多くは喪失に向かって）しているのだ。

要介護認定の代理申請をしてくれた地域包括支援センターの男性スタッフが、新しく決まったケアマネさんを伴ってやってきた。

はつらつと声の大きい四、五十代の女性である。職業病とまでは言えないかもしれないが、耳の遠い顧客相手に日々奮闘しているので声が大きくなってしまったのかもしれない。母もまた、難聴の父相手にしゃべり続けているせいか、携帯電話から漏れ出てくる声といったら、まるでスピーカー機能をONにしたかと思うほどである。いただいた名刺を裏返すと、思わず「デカッ」と口走ってしまうほど大きなひらがなで彼女の名前が書いてある。これも高齢者対策だろう。

その日は、ケアマネさんに介護保険に関する代理をお願いする契約を結ぶのが目的であった。ケアプランの作成にいたるまで、まだまだ段階があるらしい。地域包括のスタッフがはきはきとした声で、契約内容や重要事項説明書の主旨を読み上げる。利用者に対してきちんと説明しました、という実績が彼らにとっては必要なのだろう。

その上で、サインを父、母両方に求める。母はひょろひょろした書体でもたつきながら書くので時間がかかる。「ちょっとあんた、書いてちょうだい」とあっさりわたしにペンを渡す。それを見たケアマネさんが、「お父様も娘さんに書いてもらったら……」と勧めるのだが、父は自分でできるとばかりに、こともなげを装って住所と名前を書いてみせる。こういうところ、両者の性格の違いが出る。父にしてみれば、名前ぐらいまだ自分で書けるわい！　と言いたいところだろう。

書類を作ってもらいながら、わたしは地域包括のスタッフ氏に、矢継ぎ早にあれこれ質問してみる。父は父で、ケアマネさん相手に自慢話やら、講釈やらを垂れている様子だ。二手に分かれて、しかもあらん限りの声を出しているので、狭い部屋に声が充満する。

わたしとしては、具体的なケアプランの相談段階までいきたかったのだが、彼らの本日の到達目標は、役所に提出する書類の作成であったらしい。十時頃にやってきた彼ら、十一時から次の訪問の約束があるということで、愛想よく、しかし、せわしなく帰っていった。

次回の訪問は日曜日である。その時にやっとこ、ケアプランの具体的な話になるらしい。

訪問介護ひとつとっても、父、母両方の利用時間を融通し合って決めた方が、効率的にしかも経済的に回るのだとか。パンフレットだけからはわからないしくみについて話が聞けそうである。

# プチ・スポーツクラブ

リハビリに特化したデイサービスの見学に出かけた。マンションの一室を借りきった小規模施設である。両親とも足の動きが心もとない。揃って同じ施設を利用したいのだが、今、空きがあるのは、金曜日の午後のひとり分のみ。新型コロナウイルス感染症が落ち着き始めたこともあって、利用者が増えてきたのだろうか。地域包括のスタッフ曰く、この界隈の高齢者率は四〇パーセントを超えているらしいので、潜在的な利用希望者はもともと多いのかもしれない。施設に入居するのは抵抗がある世代も、在宅で過ごせる時間をできるだけ長く保とうと、このようなサービスに人気が集まるのだろうか。

見学に伺った施設は、コグニション（認知）とエクササイズ（運動）の両方を組み合わせたコグニサイズを取り入れている。部屋の両脇には数台のマシン。

わたしたちが到着した時はちょうど休憩時間らしく、奥まったところに置かれた丸テーブル三つに利用者が分かれてお茶を飲んでいた。こうした場所に男性は抵抗があるのか、それとも平均寿命の長さ故か、圧倒的に女性が多い。男性の利用者ふたりは、コップを手にしたまま黙って一番奥のテーブルに並んで腰をかけている。女性陣は､手前のテーブルふたつに陣取っておしゃべりに興じ、時々スタッフも加わって賑やかである。

　自分が利用するわけではないのだが、すでにできあがった〝顔見知りの輪〟の中に加わるのがわたしは苦手だ。こういう場面に出くわしていたたまれない思いをするのは、一生涯続くのだな、と思う。

　父、母交代で筋力を測定し、スタッフから持病などの質問を受ける。

　父の測定結果は案の定、標準以下の項目が多かったのだが、体幹だけはかろうじて標準値に達している。そのことを褒められるとすかさず父は、「昔、水泳部で鍛えましたからね」とさも当然とばかりに、誇らしげだ。次に、母の測定結果が出る。するとほとんどの項目で標準値に達しており、父としては面目がつぶれたのか、明らかに不本意な表情だ。

　休憩が終わると、自転車とパソコン画面が合体したようなマシンを体験させてもらう。

　利用者さんたちは真ん中に並べられた椅子に座り、号令に合わせて足を上げたり手を振ったりしている。

　画面に現れたフルーツの絵と同じものを当てるといった神経衰弱のようなものから、七よりも大きい数字を選んだり、奇数か偶数かを判別したりという算数系のもの、小学校の頃やらされた知能検査のごとく、積まれた立方体の積み木を数えるものなどなど。それらに答えながら、なおかつ自転車をこぐ動作も並行して行うというのが、コグニサイズの特徴なのだとか。

　そういえば、職場でも、足の動きと手の動きをバラバラに、コグニサイズの体験をしたことがあったっけ。手拍子に合わせて飛んだり跳ねたりといった簡易なものだったが、今ではこんなふうに、ＩＴを駆使して組み込まれているのである。のちのち、利用者側（の家族）として身近なものになるとは、当時、想像もしていなかった。

例によって、父がいいところを見せようと、マシンにかぶりつくように向き合って必死になっているのが、後ろから見ていてよくわかる。先ほどの測定結果を挽回したい、今度は母に負けまいというような気持ちも働いただろうか。肩がガチガチに張り詰め、プルプルという小刻みな振動さえ伝わってきそうだ。自転車の負荷も勝手に上げている。そのせいか、まずまずの正解率である。

認知症になっても、こういう性分は変わらないのである。

「なかなかおもしろそうじゃないの」と父よりも、母の方が気に入ったようである。が、そこは介護度の高い父に譲ることとして、空きが出るまでの間、母には訪問リハビリをお願いすることになった。

まだ介護といえる段階ではない。始まったばかりなのに、ケアマネさんに連絡を取ったり、実家とマンションの往復をしたりするのに疲れてきた。ついでに、という細かい用事も同時進行するので、運動量が激しい。両親譲りの性分か、他人にいい印象を与えようとことさらええかっこしいな態度を取ってしまうのでなおのことである。プランが決まり契約書を交わし、サービスが回り始めたらひと息つくだろうか。

今日が何曜日かわからない単調な日々に、介護保険のサービスとはいえ、こうした行事や訪問がはいることで、両親の生活にメリハリがつくといい。口だけは達者なのになぜか閉鎖的なこの家に他人が交ざることで、風通しのひとつでもよくなればとも思う。人とのやりとりを通して再認識する両親の側面というのもある。

実家で同居している間、わたしはいつまでも子であり、両親はずっと親であった。この関係はずっと変わらなかった。それが今回、介護関係の人間がひとりはいるだけで、わたしはキーパーソンに〝昇格〟し、両親は助けの必要な〝利用者さん〟になった。立場の逆転からくる心細さと晴れがましさと……両方を抱えている。

## そんなに待っていたら

両親のケアマネさんが、訪問看護ステーションのスタッフを伴ってやってきた。

当初、リハビリに特化したデイサービスを受けるつもりだったが、父がほかの利用者さんについていくのに躍起になり、性分的にも体力的にも無理がありそうだという話になり、急遽、ふたりともマンツーマンでの訪問リハビリをお願いすることにしたのである。

それればかりでなく、買い物の支援を、ということで依頼していた訪問介護も、プランを組んだあとに母があっさりと、「やっぱり生協で頼むからいいわ。自分の目で確かめながら買いたいから」と言うものだからお断りしたばかりだ。

計画がこうして変更になるたびに、新しいプランを立てて、あっちこっちに連絡を取り、時間を割いて訪問してくれるケアマネさんに本当に申し訳ない。誰のためのサービスなのかを考えれば、遠慮したり申し訳なく思ったりする必要はないのかもしれないが、それでも今度こそ成約にいたり、彼女に、実りのある仕事をしたという気持ちになって欲しいと思ってしまう。

訪看ステーションのスタッフは作業療法士という肩書もあり、日頃のリハビリ作業で鍛えられたがっしりとした体格の、指の先まで太い男性である。ひと仕事終えてきたのか、部屋にはいってくるなり、汗のにおいが充満した。高齢者相手の仕事をしているだけあって、ケアマネさんに負けず劣らず声が大きい。挨拶が終わると、さっそく父母両方の体調評価が行われた。

まずは父である。「わたしの指をぎゅっと握ってみてください」とスタッフが言う。すると父がこれまた、力のあるところを見せつけようと渾身の力を込めたのか、「イテッ」と彼。勝ち誇ったように父が、「そうでしょう、上半身は丈夫なんですよ。問題なのは足だけでね」と強調する。なんとしてでも、脳を含む上半身は健全なのをアピールしたいらしい。

次は母の番である。椅子に座った姿勢から立ち上がらせて、スタッフが軽く押したり引いたりする。そのたびに、母の痩せて薄いからだが、易々と前に後ろに揺らぐ。脛の形を見せるためにズボンの裾をまくり上げると、出っ張った骨の周りにかろうじて肉が薄くへばりついている。

その次は、日常生活の聞き取りである。脇でケアマネさんもうなずきながら、しきりにメモしている。ひとつの質問に対して、母が隙もなくしゃべり続け、しかもその内容が脇道にそれて発展していくものだから、そばで聞いているわたしはハラハラ（を通り越してイライラ）する。脱線が目に余るようだと遮って、スタッフの質問を要約して元に戻すのだが、脇道の話からも大事な情報が得られるのかもしれないと思うと、あまり口を挟むのもはばかられる。福祉とは、効率のひとことで割り切れない面も多いだろうから、なるべく無駄を省き、効率的にチャッチャと事を進めたい事務職気質のわたしが正しいとも限らない。とはいうものの、母の話の途切れたその隙を狙って、話を前に進めるのにスタッフ氏、そうとう苦労しているように見えた。

彼らの訪問から二時間ほど経った。

ケアマネさんは次の訪問があるということで退席された。どうやら契約にいたりそうだと安心したのかもしれない。玄関先まで見送ると､よほど急いていたのか足元がふらついて､母の靴をむぎゅうっと踏みつけながらも笑顔を顔に貼りつけたまま、「失礼します」と出ていった。

その後も聞き取りは続いた。

庭に散歩に出る話になる。

「お父さんが外にいる間、どなたかが見守っていてくれるのですか」とスタッフが尋ねると、父が生真面目な表情で、「そんな親切な者はここにはおりませんから」と答える。こうしたユーモア精神というのは、認知機能が衰えてきても保ち続けるものなのだな、と救われたような気持ちがした。

「お父様もお母様もなんか、おもしろくてお茶目ですね」などと言われていたが、両親とも口だけはお調子がいいのである。


いよいよ、契約の手続きにはいる。要介護の場合は、リハビリ時間に、四十分と六十分のコースがあるそうだ。「九十五パーセントのかたが六十分を選んでいらっしゃいますよ。四十分なんてあっという間ですから」とスタッフ氏。そう言われて、「それでも四十分にしてください」とは誰が言えよう。乗せられたような気がしないでもないが、これは営業ではなく福祉なのだ、という気持ちが、相手の言葉を信じようという気にさせる。

最後に、重要事項説明書をゆっくりと読み上げてもらい署名する。賃貸住宅の契約ほどではないにせよ、こうした書類の多さというのはつきものだ。

ともかく成約。やっと前に進んだ。今回は介護ではなく看護である。そのために主治医の指示書が必要らしい。リハビリ開始まで、あと二、三週間待ちということだった。

「そんなに待っていたら治ってしまうじゃないの」とは、彼らが帰ってからの母の弁だが、考えてみれば、年末に要介護認定の代理申請をお願いしてから三か月が経とうとしている。どんなことをお願いしたらいいのかわからず、せっかく立てていただいたプランを変更してもらっているうちに、春になったのだった。

夕方、〝任務〟を終えて帰ろうとするわたしを両親が見送りに出てくる。実家を離れてからの習慣である。今は玄関先まで出てくることができるが、そのうちそれもできなくなるのだろうか。そういえば、以前は門の前まで出てきてくれたが、最近は玄関先にとどまっている。そう思うせいか、彼らの立ち姿を目に焼きつけておこうと、緊張する。

「じゃね、元気でね。また来るわね」とわたしがなるべくさらりと言う。

「おう。自転車には気をつけろ」と父。そして片手を高々と上げて叫んだ。

「今日はありがとう！」

それは、天皇陛下か総理大臣が、タラップの上で見送りの人々に向かって応えるのと同じような恰好だった。

## 訪問リハを始めてみれば

両親の訪問リハビリが始まって二週目を迎えた。火・木の週二日である。父には男性スタッフが、母には女性スタッフが、しかも曜日ごとにスタッフと時間が変わるので、苗字と顔を覚えるのが大変である。マスク越しなのでなおのこと。さらに、理学療法士と作業療法士と別々の資格をお持ちとあれば、どのかたがどっちの資格だったか、覚えようという気力さえなくなってくる。

母曰く、火曜日は、リンゴほっぺがマスクから覗いた丸顔のかわいらしいタイプで、木曜日は、テレビ体操のお姉さんのような、スッとした美人系なのだそうだ（実際は、ごく普通の顔立ちだとは思うが）。男性だと、〝指まで太い、がっしりした体格のいい若者〟、とひとくくりにしてしまいがちだが、その点、女性の方が特徴をつかみやすいかもしれない。

リハビリのメニューは、歩きかたの練習や、ストレッチ、マットレスに転がった状態での足の屈伸、近所への散歩など、スタッフが違うと中身も少しずつ異なるようだ。こなしているかどうかは疑わしいが宿題も出る。腰痛持ちのわたしも、あのようにマンツーマンで丁寧にリハビリをしてもらいたいと、見ていてうらやましい。

平日とあって、わたしは火曜日、木曜日ともに一回ずつ、挨拶のために顔を出しただけだが、これまでは、実家に来ても特段何もすることがなく手持無沙汰だったのが、両親が揃って要支援・要介護の認定を受けてからは、ケアマネさんとの面談や、事業所との契約、サービススタッフへの挨拶など、用事と役割ができた。

母は、「皆さん愛想がよくて親切。息子や娘ができたようだわ」と喜んでいたので、実際のリハビリ効果よりも、精神的な張り合いにつながるのなら、それもいいかもしれない。

ふたりとも、○○さん、とファーストネームで呼んでくれる経験が新鮮でもあるらしい。片やわたしは、職場で呼ばれ慣れている苗字とは一転、ここでは「娘さん」と人格を持たない人になった。

父は相変わらず、学生時代に水泳選手だったことを誇張も込めて、スタッフ相手に自慢している。そのたびに母に、「それは昔むかしの話じゃないの！」とたしなめられているようだが、それでも、父が他人の介入と助けを受け入れる気になったことは意外である。これは高齢によっていわゆる丸くなったためなのか、それとも認知機能の低下によるものなのか？

何かにつけ、つい、両親の言動の変化にレッテルを貼って見ようとしてしまうが、どちらであれ、それが今現在の彼らのありようなら、そんなのはどっちでもいいことかもしれない。もちろん今は、彼らの生活が自力でなんとか回っている状態だから、そんな悠長なことが言えるのかもしれないが。

## 迎えうつ

母が訪問リハビリをやめた。

正確に言うと「お休み」という形だが、再開する予定はないらしい。脳梗塞は消失したが、「足が重くてひょろひょろする」という後遺症は相変わらず。しかしそうした症状を抱えたままの歩きかたに、本人なりに慣れたそうで、曰く、「教わった体操のしかたは身についたから、もういいわ」。このままリハビリを続けても、足は重いままであることに多少失望したのかもしれない。

なによりも、リハビリのスタッフが来る日には、朝から居間の掃除などして、彼らをお迎えする態勢をつくっておくのに疲れたらしい。時間に正確に来てくれる彼らを、こちらもその時間ぴったりに、「来るぞ、来るぞ」と待ち構えているのが、なんとも落ち着かないのだとか。父ひとり分だけなら、その負担感も半分に減るだろう。宅配便や、郵便の再配達を待つ間、気もそぞろになるのと似ているかもしれない。

訪問看護ステーションからスタッフが最初にやってきた時、「どこで（リハビリを）やりましょうか。できれば和室がいいですね」と言うので、わたしが、両親の寝室に案内しようと歩き出すと、母が「そこはダメダメ」と、勢い込んで追いかけてきた。足が重いのではなかったんかい、というような素早さである。見られたくないガラクタをとりあえず、その部屋に放り込んでいたのだ。

「あ、あの。お母様はダメだとおっしゃってますけど」と間に挟まって、ケアマネさんがどっちにも進みかねてとまどっていたっけ。

こんな調子では、例えば、訪問介護サービスにお掃除を依頼したとしても、「あんまり汚れているのも悪いから」と、彼女たちが来る前に、せっせと掃除して待ち構えかねないだろう。

## 「また？」

土曜日。両親の通院に付き添う。最近は通院だけでなく、コンビニでの支払いや買い物の荷物持ち、ポストへの投函など実家からのお呼びが増えた。〝お客さん〟として、実家に行っても手持無沙汰だったのが一転、無料の便利屋になったようである。以前は手土産などを提げて出かけていたが、もはや頼まれた買い物だけで両手はいっぱいだ。

令和四年九月にラクナ梗塞を発症して以来、母は再発を日々気にして過ごしている。ＭＲＩ上、脳梗塞は消失しているのに、頭の重さや足元のひょろつきが続いている。母曰く、足が重いのに、空を飛んでいるようなのだとか。

受診予定日まで待てずに、かかりつけの脳神経内科を訪れることもある。今回もそうであった。「頭をなるべく動かさない方がいいんでしょうか」「頭が重いので、なるべく寝転んでいた方がいいのでしょうか」などと医師に尋ねている。姿勢次第で再発が防げると思っている。

医師は、同じ質問にも、嫌な顔もせず朗らかに聞いてくれるのだが、「こうしなさい」と具体的なアドバイスをもらえないのが、母としては不服らしい。「先生」と名前のつくかたに、絶対的な権威のようなものを求めているのかもしれない。

念のため長谷川式の認知機能検査を受けた時には、「野菜の名前を言ってくださいって言われたんだけど、そりゃもう冷蔵庫の中身を思い浮かべて、次から次へと言えたわよ」、と得意げだ。

認知症検査の結果はシロ。結局、「あまりにも脳梗塞を気にし過ぎて、老人性ウツのような状態になっていますね」と締めくくられて、母は家に帰ってから不満を口にする。老人性、という単語がお気に召さなかったらしい。

これでは、自分の気に入るような意見を言ってくれる医師を探し当てるまで満足しないだろう。

次に眼科へ行く。

父は重度の緑内障だ。かなり視野が狭まっているらしいが、日常生活はなんとか送ることができている。強がるたちなので、母とは正反対に弱音のひとつも吐かない。不便さをことさら嘆くこともない。それがかえって痛々しい。加えて白内障もある。

左側の視野が前回の検査よりもさらに狭まっていたので、目薬の処方が四種類に増えた。一日に注す回数も、一回、二回、四回とてんでんばらばらである。錠剤と違い、いっぺんには注せないので、時間間隔を見ながら注し漏れがないように管理するのは、健常者でも至難の業だ。注したら○をつけるような表を作って壁に貼ったが、この表に○をつけるのを覚えているかどうか。余計億劫になって、注すのをやめたりしないだろうか。目薬のために生活が営まれているような具合になりそうだ。

そして週明け。おせち料理と年賀状のパンフレットを郵便局から実家へ送った。これぐらいのこ

「また?」

とならまだ自分たちだけで決めて注文できるだろうと思ったのだ。電話をかけると、「届いたわよ、パンフレット。それで、今度の土曜日に来てちょうだい」と母。まだ実家から戻って二日しか経っていない。それも今回は緊急の用事でもない。思わず、「また？」という言葉が口を突いて出てしまう。すると母、たちまち声のトーンを落として曰く、「嫌なら、いいわよ」。わたしは彼女のこの口癖を聞くと、こちらが薄情者でわがままになったような気になる。おととい来たばかりなのを忘れてしまったのか、それとも、年賀状とおせちの打ち合わせと称して再び呼び寄せたくなったのか。今まで「好意」でしていた時は張り切っていたことも、義務感じみてくると、とたんに重くなる。

母の方も、娘が思い通りに動いてくれるうちは申し訳なさそうに感謝の言葉をこれでもかと浴びせてくるのだが、ひとたび意に染まないひとことを聞くと、たちまち機嫌が悪くなってしまう。思わず出てしまった言葉。お互いの本音が垣間見えた瞬間。

母は、「あなたの人生はあなたのものなんだから、縛りたくないのよ」と立派な発言をしてこちらの気持ちを軽くさせたかと思うと、わたしの帰り際に玄関先に出てきて、「父さんがわたしたちの顔を覚えているうちに来てね」とひとこと耳元でささやくのも忘れない。どちらもその時の本当の気持ちかもしれないが、ダブルバインドとして来週のわたしの予定を縛る。

自宅と実家を行ったり来たりするよりも、いっそ同居した方が楽なのではないか。そう思って母に相談すると、彼女の御機嫌が一オクターブ上昇した。と同時にわたしの中で警戒警報が鳴り始める。同居によって葛藤が強まるだろうか。気負って頼りになる娘を演じるからこうなる。母にしても、あまりにもしおらしく感謝の母を演じ過ぎているのではないか。無理をしていると必ずぼろが出る。

「また?」

## 「お父さんはかわいそう」という神話

父は、わたしが物心ついた頃から、ほかのお父さんよりもなんでも知っていて、エライお父さんでもあり、同時にかわいそうな人でもあった。体が弱かったわけでもなく、むしろ無遅刻無欠勤をたのみとして、毎日せっせと出勤していた。

今、思い浮かぶのは、駅までの道を背筋を伸ばし、手を前後に振りながら、シャキシャキと歩を進める父の姿だ。それはまるでロボットのように、一定のリズムを刻んだ歩きかただった。シャキシャキ、というよりももしかしたら、カシャカシャカシャという金属音さえ聞こえてきそうだ。御近所さんに、「お宅の御主人、姿勢がいいのねえ」と褒められたそうだ。「もっと、しゃんと歩け」と、母に注文をつけていたというから、人目を気にして恰好をつけていたのかもしれない。しかしわたしにとっては、それがごく自然な父の歩く姿だった。

父が弱音を吐くのをわたしは聞いたことがない。旅行の前日、天気予報では雨だと言っているのに父が「だいじょうぶやろ」と言うと、晴れるような気がした。父は安心感の源であった。

父がいかに子煩悩で家族思いであるかということを裏づけるエピソードは、母から折に触れて聞かされてきた。旅行の計画を綿密に立てたり、電化製品を買いに行ったり扱ったりするのが好きな父である。好きなことを家族のためにしているのに、なぜわたしには、父がかわいそうだと伝わってしまうのか。その立役者は母だったのか。

口を差し挟む余地もないほど次から次へと流れ出てくる母の話を聞いていると、わたしは彼女が主役を演じるドラマの脇役を演じてきたのではないかと思うことがある。その都度よくよく考えてきたようであっても、結果はすでに決まっており、それに沿った選択肢を選んできたというような。何か見えない大きな力、抗えない筋書きに動かされて。


わたしが幼稚園に上がるか上がらないかの頃、父が雨の中、三輪車を担いで帰ってきた。

二間しかないアパート住まいだった。比較的広い方の六畳間で、お気に入りの三輪車はさんざん乗り回された挙げ句、安物の畳はささくれ立ってボロボロになった。そのうち、まっとうな使いかただけでは飽き足らなくなったのか、三輪車は逆さにされて〝焼き芋屋さん〟としてごろごろ引っ張り回されたり、コンクリートの階段の上から投げられたりと酷使された挙げ句、とうとう壊れてしまった。

わたしの頭の中には、娘を喜ばせようと土砂降りの雨の中、ずぶ濡れになりながら三輪車を担いで帰ってきた父と、真っ二つに割れた三輪車の姿が染みついてしまった。その話を聞かされるたびに、感謝の気持ちよりも胸がずきりと痛むのだ。

もしもわたしが息子のために子供用自転車を担いで帰ってきて、その自転車が同じような運命をたどったとしても、いっときは、「あ〜あ、もう」と大げさに騒いでみせるかもしれないが、口ほどには傷ついたりもせず、雨が降っていたことなんて忘れちゃったかもしれない。もちろん、息子に胸など痛めて欲しくない。父の三輪車にまつわるエピソードは、その場面を全く覚えてもいないのに、何度も母から聞かされるうちに、土砂降りの雨を伴ってなまなましい映像を結んでいる。

中学に上がったばかりの頃だろうか。母との間でぎくしゃくしたことがある。ほんの些細なことだったのだろう。わたしが「素直」に母の言うことをきかなかったというお決まりの理由だったのだと思う。ふたりとも、いったんこじれるといつまでも口を利かなくなる。三人家族という少人数は、そのうちのふたりが険悪になると、たちまち家中の雰囲気に影響してしまう。何日もその状態が続いた。ある日母が言った。

「もう（ケンカは）やめましょう。パパがかわいそうだから」

この張り詰めた不自然な空気に、終止符を打ちたかったのかもしれない。それには何かを口実にする必要がある。そうかといって、自分から謝るのはしゃくである。そこで出たセリフなのかもしれなかった。

衝突した理由について妥協案が示されたり、お互いの言い分について話し合ったりということはなかった。そもそも、どうしても譲れない明確な主義や主張がお互いにあったわけでもないだろう。母にしてみれば、娘をどうしても自分の言う通りに動かしたいだけなのであり、わたしにしてみれば、どうしても母の言いなりになりたくないだけであった。

仕事を終えて帰ってきた家がぎすぎすしていたら父としてもやりきれない。母には、外で稼いでくる父のために、居心地のいい家庭を築く役割と責任があった。そのための提案だった。


結婚してまもなく、岡山にある夫の実家を訪ねた時のことだ。もう三十年以上も前になる。旧家のトイレは汲み取り式だった。用を足して出ようとした時、腕時計を便槽の中に落としてしまった。それは父に買ってもらったブレスレット式のものだった。結婚前に、奮発して買ってくれたのだった。留め金がはずれするりと腕をすべり抜け、暗い穴に向かって真っ逆さまに落ちていったあの瞬間を、今でも、悔しく切ない気持ちで、ありありと思い浮かべることができる。

すぐさまわたしは裏に回り、必死になって汚水をかき出した。夫が手伝ってくれた。姑がなにごとかと外に出てきた。見つかったところで、汚物まみれのそれはもはや使い物にならなかっただろう。それでもわたしは見届けたかった。よく洗って修理に出せば……。一縷の望みにすがってどうしても諦めることができなかった。どんな姿でもいいからと、津波に流された家族を見つけ出したいと思う人の気持ちと同じだったかもしれない。汲んでも汲んでも、それらしいものは見つからなかった。傍らには、汲み出した汚物だけがどんどん積み上がっていった。

「もうこれだけ捜したんだから」。夫がつぶやいた。姑からはあきれたような視線が伝わってきた。文字通り〝ウン〟に見放されたのだ。

あなたたちに何がわかる——。ただでさえ心細い夫の実家で、唯一の拠り所を失ってしまったかのように思えた。できれば、あの日あの時間、トイレにはいる直前に、時間を巻き戻したいと何度思ったことだろう。

そのせいでもないが、夫とは三年も持たず別れてしまったので、ふたりで協力してやった仕事らしい仕事といえば、この汲み取り作業だけだった。

あれ以来、もう二度と、金輪際、一生、腕時計は身につけまいと思った。時計屋の前を通るとあの日のことを思い出した。携帯電話で時間は確認できる。おかげで三十年以上経った今も、その誓いは破られていない。

父はかわいそうであるという思い込みは、彼の期待に添わないと感じた時、さらに深まった。

子供の頃、鶴見にある公団アパートの三階にわたしたち家族は住んでいた。朝、出勤する父を窓から手を振って見送るのが日課だった。三輪車を転がしていた時期に重なるかもしれない。今しがたドアから出ていった父が、少し経つと、二階から少しせり出したひさしからひょっこり姿を現して、こちらを見上げる。子供というものは、繰り返しを好むものである。意外性よりも、予想通りの展開がうれしいのである。

どれぐらいの間、その習慣は続いたのだろうか。いつも裏切られることなく、機械仕掛けのおもちゃのように、父はひさしの外に顔を出して手を振り続けた。

ある朝、どういうわけかわたしはふいに、この習慣に背いてみたくなった。外に出ていく父を見届けても、いつものように窓の手すりによじ上らず、その下にしゃがみ込んで身を潜めた。見上げてもわたしの姿がないのでひどくがっかりする父の姿を想像して、わたしは手すりにしがみついて泣いた。父はむろん深刻には考えなかっただろう。「あれ？」と思ったきり、次の瞬間には忘れてしまったかもしれない。しかしわたしはずっと覚えている。人の期待を裏切ることの哀しみと罪悪感を。日課を破ることの後ろめたさみたいなものを。泣いているわたしの姿とそれを後ろから眺めている自分の姿が焼きついた。

もしもあの日あの時間、父のいる歩道にバイクが乗り上げて父が巻き込まれでもしたら、わたしは自分が手を振らなかったせいだと思い込んだだろう。手を振っても振らなくても、たとえ結果は変わらなかったとしても、いわれのない罪悪感というものは、あっちのできごととこっちの結果を脈絡もなく頭の中で結びつけ、深く染み込んで一生を縛るのだ。

クリスマスの朝、目を覚ますと枕元の気配が違っていた。リボンでくるまれ、サンタクロースがそりに乗った包み紙は、いつものデパートのそれとは明らかに違う。朝の支度をしながら、両親がこちらの反応を窺っているのがわかる。しかしその視線を感じれば感じるほど、なんだか照れくさい。兄弟でもいれば、照れ隠しがてら、なんだかんだとじゃれ合って、喜びを表に出してみせられたかもしれないが、ひとりだとそんなきっかけもない。どう振る舞っていいのかわからずに、いつまでもじもじしていると、母は、ちっともうれしそうじゃないのね、とがっかりしたように言った。子供らしく無邪気に大喜びして包みを開ける姿を想像していたのだろう。その期待に添えなかった自分は贈り物を台無しにしてしまったような気さえした。

そして、包みの中からは、たいてい、おねだりしていたものとは違うものが現れた。「あ」という小さな違和感があった。こんな時は、なんて言ったらいいのだろう。彼らがわたしを喜ばそうと、デパートをさんざん歩き回って選んできてくれたことは明らかだった。これは違うだなんて言って、さらにがっかりさせるなんてとんでもなかった。第一、目の前に現れたプレゼントは、本物さながらに明かりの灯る小さな赤いランプだったり、ふさふさの手触りで、クリクリとした目がはめ込まれ、狐の頭のついた大人びた襟巻きだったりと、それまで見たこともないおしゃれなものだった。これこそがわたしの欲しかったものだったのかもしれない——。そう思うことで、「あ」という小さな声はわたしの中になかったものとしてしまわれた。

こんな些細な場面から、自分が何を望むかということよりも、彼らがわたしのために何をしてあげたいかということが優先されるのだということを、うっすらと学び始めたのではないか。わたしに期待されるのは、自分の都合はさておき、彼らを喜ばせることであると。

誰かに何かしてもらった時に、まずは大げさに喜びを表明してみせる油断のならない癖は、こんなところからつくられたのかもしれない。

こんな場面もあった。

わたしの息子が三歳の誕生日を迎えた日のことだった。プレゼントは、電車のおもちゃ、プラレールである。わたしが子供の頃からのロングラン商品だ。その日、両親は朝から張り切っていた。八畳の部屋いっぱいにレールを敷き詰め、電車を走らせた。準備は完了した。息子は部屋の外に待機させている。

「一、二、の三！　はい、どうぞお！」。目の前で勢いよく障子が開け放たれる。きょとんとしたまま立ちつくす息子……。ちょっとした間《ま》があく。目の前に広がったものを理解するのには、時期尚早だったようだ。

あてがはずれたからといって、三歳児を叱るわけにもいかない。

「あら～ん。なんでや」という母の落胆の声とともに、盛り上がるだけ盛り上がった期待と勝手に膨らんだイメージは、シュルシュルと音を立ててしぼんでいく。

気を取り直そうとフォークに刺して差し出されたデコレーションケーキも、息子のお気に召さなかったらしく、スポンジにべっとりついた生クリームを見て、逃げ回るばかりだった。

子供というものは、こちらの予想もしないものに興味を持つ。

正月に息子を神社に連れていくと、敷き詰められた砂利がいたく気に入ったようで、しゃがんで砂利をいじっている姿ばかりが写真に写っている。周りに群れている鳩になど関心がないようだった。ずいぶん長いこと、石は彼のお気に入りだったらしく、大きい石、小さい石、どこで拾ってきたのか岩のようなものが部屋に転がっていた。興味のあるなしは実にはっきりとしていて、夏休みに美術館に連れていっても関心がないとなれば、サアッと館内を駆け抜け、出口で待っているような子供だった。

今考えれば、息子は、こちらの期待だの意図だのを意識しない、子供らしい子供だったのかもしれない。

よかれと思ってやった行動が、あてがはずれて滑稽な結果に終わることはある。笑い話で済むようなエピソードに過ぎないのだろう。しかしわたしは、両親の期待が空振りに終わるたびに、そのひとつひとつにいちいち責任を感じ、やきもきとしてしまう。初孫がどんなに喜ぶか、その顔見たさにあっちのレール、こっちのレールをせっせとつなぎ合わせていた、まだ五十代後半の若いじじとばあば。その様子を思い出す時、滑稽さというよりも、申し訳なさと切なさでいっぱいになってしまう。根っこにゆるぎのない〝善意〟があるだけに、というか善意にあふれているからこそ、持て余してしまうのだ。

しかし、本当に申し訳なく思わなければいけなかったのは、両親に対してというよりも、彼らの期待に無理やり添わせようとしてしまった息子に対してだった。

父は一九六〇年代の、あるべき家族の姿を目指していた。

「パパは何でも知っている」というアメリカ生まれのドラマがお手本になっていただろうか。時代は右肩上がりの高度成長期。戦時中のじっと我慢の時代は去った。今や失われたものは回復しなくてはならない。奪われたものは取り戻さなくてはならない。神戸の家業は耳鼻科医の兄に任せ、故郷から遠く離れた日本の中心地に居を構えるのである。気負っていたかもしれない。いわゆるマイホームパパだった。判で押したように、夕方六時頃には帰宅して、夕食は必ず家族一緒に食べた。

休日になると、父は母とわたしを連れて、デパートや遊園地、動物園に出かけた。年末には、銀行からもらってきたカレンダーを机の上に広げ、翌年の休日をきっちりと赤丸で囲み、五月の連休や夏休みの旅行の計画を立てた。旅行のパンフレットを眺めるのが好きな人だった。駅の構内やデパートで、ふらりといなくなるとパンフレットを抱えて戻ってきた。祖父も、祖母を連れてよく旅行に出かけていたという。列車や旅館の手配は完璧で、わたしたちはただぼんやりと父のあとについていけば、目的地に着いた。父の頭の中には、旅行の始めから終わりまでを演出するクーポン券が、しっかりとインプットされているように思われた。行程をひとつこなすたびに一枚、また一枚とはがされていき、最後には帰りの切符だけが残る。父にしてみれば、バスや電車の時間、ホテルの場所の確認などで頭がいっぱいで、目の前の景色やできごとを楽しんでいる余裕はなかったかもしれない。

いつだったかわたしがなにげなく、「うちは日曜日には必ず出かけるよね」と言うと、父はまんざらでもなさそうだった。

わたしと母が、岡山にある母の実家に帰省する時、新幹線の往復の切符を買うのも、もちろん父の役目であった。東京駅には父が必ず見送りに来てくれた。発車のベルが鳴る。窓の外から、父がジェスチャーでなにやらメッセージを送っている。その意味するところを一生懸命読み取ろうとしているうちに列車がゆっくりと動き出す。母の実家に行くのは楽しみだったが、この今生の別れのような瞬間は実に物悲しく、涙を母に気取られまいと、しばらく顔を上げられなかった。わたしはどこかに行くよりも、帰ってくる方が好きなのかもしれない。行くのが楽しみでないわけではないのに、どういうわけか、出発しようとするとおなかを壊したり、ぐずぐずと機嫌が悪くなったりして、帰りには意気揚々と鼻歌が出てくる。旅行に限らず、今でも、帰ってくるという目的のために、どこかに出かけようとしている気がすることもある。

帰りの新幹線が、東京駅にすべり込む。徐々にスピードを落としていくにつれ、ホームに立つ人の顔がはっきりとしてくる。列車が止まると、ホームに立った父が、窓をこんこん、と叩く。自分の買った切符なので、わたしたちがどのあたりの座席に座っているか知っているのは当然なのだが、母にとっては、父がまるで魔法でも使ったかのように誇らしく思えるらしかった。

父がもうすぐ八十歳になろうかという頃だった。父母とわたしの三人で箱根に行った。

その時、箱根湯本駅のコインロッカーに荷物を入れっ放しにしたまま電車に乗ろうとしたことがあった。わたしも母も外に出かければ、なんでもかんでも父任せだったので、気づかなかったのだ。もともとうっかりした人がそんなことをしでかしたのだとしたら、いつものこととしてあきれて終わっただろうが、今までの父だったらありえないことだった。観光施設の割引券を部屋に置き忘れ、途中で気づいて引き返した時には、わたしと母ふたりして父を責めたてた。なんとも気の毒な話だが、それだけ今まで父に頼りっきりだったことや、家にいればわかりづらい彼の老いが、その時はっきりと実感されたのである。

実家の片づけをしていると、息子のおもちゃやゲームがはいった段ボール箱の片隅や古い洋服のポケットから、昔行った遊園地や映画館の半券が現れることがあった。糸くずやほこりなんかと一緒にそれらは思いがけないところから出てくる。さらに半端ではない数なのが旅行先で撮った写真である。旅行会社が写真店と結託して売りつけた一枚千円也の集合写真も、一緒に写っているのがどこの誰かももはやわからない。日付のはいった看板のすぐ後ろ、最前列のど真ん中で、あたかもこの御一行様を従えているかのような雰囲気を醸し出して座っているのは、わたしたち家族である。たとえ水が一滴も流れていなくても、由緒ある橋の欄干だと聞けば一枚、最南端だか最北端だかの石碑を背景に一枚、船に乗れば、全国にいくつあるかわからない、いわゆる「夫婦岩」を眺めながら一枚、顔をくりぬいた歴史上の人物から顔を覗かせて一枚。スナップ写真は本来、偶然のシャッターチャンスを狙って撮るものだが、カメラを意識しているのは明らかだった。これらは皆、「行った」という証拠、いわゆるスタンプラリーのようなものであり、こうあるべきというシアワセな家族像をピンナップするものでもあった。

夏休みも五月の連休も、自由に選択できる時代ではなかった。お盆休みはどこもかしこも満員である。父はわたしたちを日陰に待たせ、自分は日の照りつけるバス待ちの長い列にひとり並んだ。

夏休みにはよくプールに出かけた。母はいつも大きな帽子をかぶり、日傘を差しサングラスをかけて、プールサイドで荷物番をしていた。泳げないからというのが理由だった。ひと泳ぎした父が、「小銭」とか「サングラス」などと言って近づくと、母はかばんの中をがさごそとかき回して、必要なものを取り出した。荷物番をしている母、というのはわたしにとってあたりまえの光景で、気の毒だと思ったことはなかった。それが家族での外出に伴う彼女の役割だった。いつもこうした役回りに甘んじる母をこそ気の毒だと思ってもいいはずなのに、こんな場面を思い浮かべる時でさえ、そういう母に父は物足りなさを感じていたのではないかと、つい父側に立って考えてしまう。

五月の連休中、横浜では、横浜開港記念みなと祭（国際仮装行列）が開催される。このお祭りを見物するのも我が家の恒例行事であった。朝も早くから伊勢佐木町の沿道には場所取りのシートや椅子が並べられ、行列が始まる頃には、道の両側に鈴なりにびっしりと人が並んだ。装飾されたトラックの荷台に乗った市長が選挙運動のように、にこやかに手を振る。その後ろからは、揃いの衣装に身を包んだ老若男女の団体が、ポンポンを振ったり、古風な踊りを披露したりしながら通り過ぎる。折れそうなほど細い足を白いスコートから出した少女が、バトンを上下に振りながら誇らしげに進んでいく。仮装しているのは人間ばかりではない。店舗の名前を掲げ、ここぞとばかりにきらびやかに飾った宣伝カーがゆっくりと前を通り過ぎる。それぞれ趣向を凝らしているのには違いないが、揃いも揃って仮装していると、かえってひとつひとつが目立たなく、印象に残らない。行列の中に知り合いがいるわけでもない。段々、人込みの熱気にあてられてくる。

ちびのわたしはそれでも、人と人との隙間を見つけて顔を出したり、背伸びをしたり、飛び跳ねたりして、目の前に展開する場面をなんとか目に焼きつけようとした。見たいからというよりも、せっかく連れてきてくれたのだからじっくり観覧しなくてはいけない、楽しまなくてはいけないという義務感からだった。少しでも有利な立ち位置を見つけるとちょっと誇らしく、使命を果たしたような気がした。

母が最近になってつぶやいたことがある。「込み合うばかりでちっとも見えんし……」

強度の近視の母は、メガネをいくつも持っている割には、ピントが合わないたちのようだ。夫婦揃ってこの催しを楽しみにしていたのだとわたしはずっと思っていた。しかし、本当にふたりとも楽しんでいたのだろうか。母にとっては、メガネの不具合だけが興をそぐ原因だったのだろうか。週に一度の休みを父がせっかく工面して計画してくれているのである。その好意をありがたく受け取り、感謝するのもまた妻の務めと思っていたかもしれない。そしてひとり娘にも、その家族サービスを喜んで受けることを期待していたのだと思う。

父はどうだっただろう。上京して横浜の大学に進学したのと時期を同じくして始まったこのお祭りに、格別な思いはあったかもしれない。

背伸びをしていたのは、わたしだけではなかったのだと思う。

父も母も、こうありたいという家庭の姿を目指して、多少無理して彼らの役割を演じていたのではないか。自己犠牲というと大げさではあるが、我慢をしている人は相手にも我慢を強いてしまう。

無理して役割を演じようとすれば、相手にもその役割を期待する。思春期を迎えた頃、両親からの外出の誘いを渋ると、たちまち母の機嫌が悪くなった。今で言う、「拒否られた」と思ったのだろう。父は無理強いなどしなかったから、それがかえって、彼をかわいそうな位置につけた。犠牲に対しては犠牲を払わなくてはいけない。完璧には完璧をもって応えなくてはならない、そういう重しがいつもあった。

むしろ父が暴力的に立ちはだかってくれたら、面と向かって反抗することができたかもしれない。

「パパがあなたを叱らないのは、嫌われたくないからよ」

いつだったか、母がそう言ったことがある。自分ばかりがいつも叱り役の、割に合わないワルモノになるのがおもしろくなかったのだろう。プールに出かけても、泳ぎを教えるでもなく、「パパ、パパ」と言えば、ホイッと浮輪を投げてくれる父だった。

父は、あたりをはばからない強気な態度を敢えて取ってみせることがあったが、本当は誰よりも傷つきやすく、はたからどう見えるかを気にする気弱な人だった。

わたしはひとりっ子なので兄弟と比較されることはなかったが、父自身、いつもよそのどの家族よりも優位に立ちたがっていた。何をもって優位とするかというのはわからないが、電車や遊覧船なら、ツアーに参加しているどの家族よりも一番景色のいい席を素早く確保すること、電化製品なら、大きくて最新式の商品を、近所のどの家よりも早く手に入れるというようなことだった。今や、超薄型、軽量化こそが好まれ、パソコンも小さいほど高価だ。しかし父の頭の中では、大きいものこそが立派であり続けた。時代背景も影響していたかもしれない。チョコレートのテレビコマーシャルに、「大きいことはいいことだ」というセリフがあった。カラーテレビが売り出されるや否や、六畳の部屋にはどう見ても不釣り合いな、厚みも幅もどっしりとしたテレビが鎮座し、パソコンのモニター画面も大きさを誇っていた。超薄型が主流になった時、居間を占めたのはもちろん、ミニシアターのような大画面のテレビである。

父はテレビやパソコンの大きさだけでなく、自らも大きく見せることに心を砕いていた。そのために、もしかしたら家族の前でも不自由な思いをしていたかもしれない。

「身分不相応に家を建てようとするもんだから……。わたしはこんなに大きな家は掃除が大変だし、嫌いなんよ。庭だって草取りが大変だし」

晩年になって本音を漏らし始めるようになった母が言った。いくら実家の援助があったからといって（というか、あったからこそなのだが）、決して多くない給与から月々ローンを払い続けていくためのやりくりは、わたしの与《あず》り知らないところで苦労があったようだ。嫌ならそう言えばいいものを、そこが養ってもらう立場の弱みだろうか。それに、今だからこそそう言うのであって、やはり新築一戸建てのマイホームとなれば、母も母なりに楽しみだったはずである。わたしだって、それまで公団アパートの四畳半の隅っこに学習机を置いて、かろうじて自分のスペースをつくってもらっていたのが、突如として、二階までの階段を上った突き当たり、八畳の広々とした個室をあてがわれたのである。当時の高揚感は忘れてしまったが、うれしかったはずだ。全面白壁で、屋根の高さがわずかばかりお隣よりも高く、家庭訪問に来た教師曰く、「お城のような」家だった。玄関の扉を開けるとそこは吹き抜けで、天井からは大きなガラス玉の電球が三つもぶら下がっている。掃除が不可能で、電気の球もどうやって替えればいいのか、未だその場面に遭遇したことがない。なまじ風通しがいいものだから、ドアが煽られてばたんと大音響を立てて閉まり、そのたびにどきりとさせられることも多い。怒り任せの「ばたん」と区別がつかないのである。以後、何十年にもわたるローンという借金と、「家」という器が残った。

期待とは本来、勝手に抱くものである。それに自分が応えなければと重く深く気に病むこともあれば、全く違う解釈のしかたをして的外れの行動に結びつくこともある。添えないことに罪悪感を抱き続けることもある。相手の期待が、自分の思いと一致しているかのように錯覚する場合もある。口に出して確認しようにも、どう切り出していいのかわからず、お互いに本音が話せるとも限らない。

わたしの家族には、お互いの言動や態度で相手の期待や気持ちを「推測」し、先回りしてわかったような気になってしまうところがあった。

結婚にせよ、ひとり暮らしにせよ、わたしにその願望や必要性を感じるや否や、すっくと立ち上がり、先回りして駆け出していってしまうのが両親なのである。それが彼らの考える、親として期待される役割なのである。そして、その恩恵をありがたく受け取るのが、娘として期待される役割である。固定された役割からはずれるのは至難の業だ。時として、相手を裏切るような気さえする。場合によっては見捨てるような気がする。長年肌身に染みた役割に流されてしまった方が、楽であるとさえ思う。それが自分の本心を欺く気がすることがあるとしても。

息子はわたしや両親に何を期待していただろうか。

何かをやって欲しいという期待については、とかく親はほいほいと喜んでかなえようと奔走するものだが、「ほっといて欲しい」などという期待については受け入れがたく、すぐさま、それは拒否されたと曲解されるので、わたしの家では、その手のことを口にするのは絶対にありえないことだった。

子供の頃、外食をすることになり、何が食べたいかと聞かれると、わたしはすかさず「うどん」と答えていた。もっと高いものを頼め、と父は言ったが、この子は安上がりで済む、と母がうれしそうに言うのも聞いた。懐事情は、子供でもそれとなく気づく。表立って言われたことよりも、なにげないひとことの積み重ねで理解しているものだ。本当に嫌いだったのかは覚えていないが、お高いエビフライやウナギが嫌いなのもありがたいらしかった。金銭的には何不自由なく育ててもらったが、言うほどにはお金持ちでないことぐらいわかる。だからこそ、わたしに期待されているのは、なるべく安上がりに済ませることだと思った。しかし実際のところどうだろうか。たまの外食である。少しは甘えてくれてもいいのにと、彼らは思っていたかもしれない。

父はよく、神戸の実家に、「横浜にはテレビが売ってないから」と言っておねだりをしていた。そういうふうに、ユーモアとかわいげのある甘えかたをして欲しかったのかもしれないが、祖父は開業医であり、経済状況が違うのである。

ローンのために欲しいものを買ってあげられなかったと母は晩年、申し訳なさそうだったが、わたしは高価なものを買って欲しいと思ったことはない。強いて言うなら、三足千円の白い実用的な靴下ではなく、足首の周りにひらひらのフリルがついたソックスが一足あったらと、思ったことはあった。しかしそれがわたしのずんぐりとした足首に似合ったかどうかは怪しいものだ。

それよりもむしろ、いつも何かが過剰だった。

実家を離れてひとり暮らしを始めた時、わたしが帰りに持たされるものといったら、たいてい実家で不要になったもの——趣味の合わない引き出物の類、買い過ぎて賞味期限までに食べきれない、あるいは食べる気のない缶詰や小分けのトマトケチャップ十本入り、銀行やどこかの催し物でもらった景品やお土産、そのうち何かの役に立つだろうとしまい込んであったこぎれいなビニールの袋などだ。少しでも空間を残しておきたい1Kの間取りを考えると、気が重かった。しかし親の寿命を考えると、持ち帰るだけで母が喜ぶのならと我が身を奮い立たせ、「これ、いいね~」などと言いながら、ずっしりと重さを増した荷物を担いで帰ることになる。こんなエピソードは離れて暮らすようになってからのことだが、一事が万事、すべてを象徴するできごとである。

幼稚園の頃から、習いごとをいくつか掛け持ちしていた。母ができなかったことをやらせたかったのだと思う。ピアノなどはそういう話を巷でもよく耳にする。特に嫌ではなかったが、楽しいとも思わず、学校と同じくそこはあたりまえに行くべき場所になっていた。家ではピアノの代わりにオルガンで練習していたが、そのこともモチベーションに影響しただろうか（ほこりをかぶった高価なピアノの存在を考えると、軽はずみにピアノなど買わなくてよかったと今では思うが）。やりたいと望んだわけでもないが、そのうち、やる気がないからとすべてやめさせられた。はっきりと意思表示をする前に、すべてが目の前を通り過ぎていった。望む前にあれこれと与えられると、いったい自分は何をやりたいのかやりたくないのか、わからなくなる。何が好きで嫌いなのかもわたしにはよくわからなかった。本来だったら楽しみであるはずのことも、どこかこなすべきノルマのように感じられ、いつも、早く終わらせることばかり考えていた。

かわいそうなお父さんは、同時に完璧なお父さんでもあった。

「あんなふうに、なんでもかんでもやってくれるお父さんがあたりまえだと思っていたら、夫選びに苦労するよ」とは、婚活にいそしんでいた時に親戚から言われたセリフだ。

両親とわたしの三人で買い物に出かけ、わたしがふと足を止めて商品を手に取ると、「これ、いいやないか、買え買え」と父はすぐさますりよってきて勧めた。しゃしゃりでては、存在感を示すのが好きなのである。お金に糸目をつけない気前のいいお父さんを演じたかったのだろうか。「これは高かったんだぞ。ありがとうは？」といちいち金額の高さを誇った。お金のことをごちゃごちゃ言うのはみっともないと言う割には、内心では気にしていた。思春期になるとそんな父を疎ましく思ったものだが、婚約した男性は正反対で、彼のそっけなさが、今度は冷たく物足りないように思われた。

わたしは彼と父を何かにつけ比較していた。同じ技術職であるという点で、親しみを覚えようとした。次男という立場が共通していることで安心感を得ようとした。当の父が勧めている（正確には父方の伯母）縁談という点で納得しようとした。デート中の楽しいと感じた瞬間を、わざわざ日記に書き留めた。理屈で必死に自分を説得しようとしていた。こういうのは理屈ではなく、感覚が大事だということを誰が教えてくれただろうか。学校ではいつも、頭で考えて答えをはじき出していたのだ。

「心配してるのはさ、あなたも僕も人に何かをやってもらうことに慣れているってことなんだよ」

彼は言った。彼には九歳上の兄がいたが、境遇としてはわたしと同じ、ひとりっ子として育っているようなものだった。わたしはいとも簡単に、「それだったら、相手が何をして欲しいかがわかっていいんじゃないの」としゃあしゃあと言ってのけた。二十四、五歳の小娘が人生の難題を、理屈通りに、簡単にこなせるわけなどないのに。気の利いた理屈を言い放って、相手を感心させたかっただけかもしれない、彼の真剣な問いかけに対して。彼はそのもっともらしい答えにだまされてしまった。理屈っぽい人は理屈に弱いのかもしれない。

喫茶店で注文したものが運ばれてくる間、こちらの存在がないかのように本を読みふけっている彼に対する怒りや寂しさ、手持無沙汰。新婚旅行中にふらりとどこかへ写真を撮りに行ってしまい、置き去りにされた時の心細さ。たまにはわたしが御馳走しようとはいった鎌倉の小町通りのレストランでは、食べ終わって店の外に出るや否や、「いまいちだったな」。彼はつぶやいた。

ひとことで言ってしまえば、価値観の違いということになるだろうか。わたしは彼と一緒にいてその都度抱く感情から目を背けようとしていた。理屈で押さえつけようとしていた。自分の感覚や感情も含め、何を信じていいのかわからなかった。

彼に悪意がないのも、意地悪でないのもわかっていた。儀礼的なお世辞を言うことや、べったりと束縛されるのが苦手な人なのだろう。これから一緒に暮らすことになるかもしれない相手に、お愛想など言って取り繕ったりせず、自分の地を理解してもらっておいた方がいいと彼なりに判断したのかもしれない。しかし、「頼るんじゃないぞ」と彼が冗談半分にちらと漏らしたセリフに、突き放されたような気がした。

夫の背後には、いつも父がいた。買い物についてきてあれこれ口を出す父が。旅行中、こまごまとした手配を一手に引き受け、なくすといけないからと、人数分の切符をまとめて管理していた父が。

岡山から姑が上京してきた。重い荷物を持ってよたよた歩いているのに手も貸さず、すたすたと前を歩いていってしまう夫が大変冷たく思えた。人前で親に手を差し伸べるのが照れくさかったのかもしれない。はたからどう見えるかを意識して、敢えて手を差し出す人と、引っ込める人の二種類がいるというそれだけのことだったのかもしれない。ある場面を切り取っただけでは、その人の本音はわからない。彼は毎年、お盆休みや年末年始になると、道路が混雑しないうちにと夜も明けきらないうちに起き出して、実家に向けて制限速度超えの警告音もなんのその、車をぶっ飛ばした。

結婚前はちやほやとし、釣った魚に餌はやらないとばかりに豹変する人の話を耳にするが、彼は全く変わらなかった。最初の印象を崩さず、そういう意味ではどこまでも誠実で、なおかつ責めるべき隙がなかった。

朝食の席、パアッと広げられた新聞紙が壁のようにわたしたちの間に立ちはだかり、その向こうからもそもそと、パンを食む音が聞こえてくる。彼は口が重かったので、食事中もほとんど音声を発しなかったが、たまに「ん」という声が紙面の向こうから聞こえると、何か不手際でもあったのかと思って緊張した。何か御用ですか、とかなんとか事務的にでも聞いてみればよかったのだが、なんだか、こちらばかりが歩みよる任務を負わされているようで、それも悔しかった。結婚前、彼の危惧したことに対してわたしがいとも簡単に吐いた理論は、早くも机上の空論だった。

たまに機嫌よさそうに話しかけてくれると、庭に放っておかれた犬がしっぽを振って飛びつくようなありがたい気分になったが、一方では、粗相のないよう完璧な答えを持って応じなくてはならないかのごとく、大いに身構えた。試験問題を出されているようだった。会話が予想に反して盛り上がらずに再びしんとしてしまうと、とんでもないへまをしでかしたかに思えた。新聞相手に会話をするのが、独身時代からの彼の生活スタイルのようだった。わたしはその静寂の邪魔をしてはいけない。そうかといってその場を離れてもいけない。彼がお代わりと言ったらお代わりを、水と言ったら水を、すぐに彼の要求に応えられるように、そこに控えていなくてはならないと思っていた。

自分の稼ぎを持たない心もとなさは、いつもつきまとっていた。みみっちい話だが、六枚切りの食パンだとすぐになくなってしまう。彼が何も言わないのをいいことに、薄切りの食パンに変更した。

わたしが彼と父とを比べていたように、わたしもまた彼から始終評価されているような気分だった。見合い結婚した彼は国立大学の工学部を出ていた。親戚中を、その大学の卒業生で埋め尽くすのが好きな伯母の紹介した人である。

毎日の生活を営む上で、卒業した学校は関係がない。テストが行われるわけでもない。だからそもはや挽回する機会もないのだ。結果だけがそこにあった。さらに相手はお金まで稼いでくる。偏差値、試験の成績、それによる勝ち負けが相手との関係性をはかる手段だと思ってきたわたしにとって、それは圧倒的な敗北だった。高校生の時にクラスの中でテストの成績がちょっとばかしよかっただけだ。下宿までして進学校に進んだ彼と比べて、それがなんぼのことだったろう。

養っていただくのに足りる家事能力が、わたしにはなかった。それでも、曜日ごとに掃除する場所を決め、献立を立て、それを律儀に実行に移した。朝、そそくさとドアを閉め夫を送り出すと、ホッとしたのも束の間、すぐに夕食の下拵えを始めた。夏休みの計画表に沿って過ごしているようなものだった。あるいは、毎日中間テストや期末テストがあるような感じだったかもしれない。夏休みは四十日余りで終わる。会社は定時になれば解放される。しかし専業主婦という業務は、生涯二十四時間続く。早い時期にわたしは息切れしていたのではないだろうか。

神経の細かい彼が時折、トースターの底にこびりついた焦げをせっせとこそげ取っていたり、グラスを透かして曇りを気にしていたりするのを見かけると、こちらの至らなさや気の利かなさを指摘されているようでいたたまれなかった。何も言わないだけに、居心地が悪かった。

「ごめん、ごめん、汚れていたね」とひとこと言って、次から気をつければそれでいいようなことだった。今思えばそれが、日々、母が口うるさく言っていた（実家に戻されないための）素直さなのかもしれない。しかしそうした落ち度はどれも致命的に思われた。そしてどんなに気をつけていても、なにかしら至らないことは見つかるのだった。

彼の実家は岡山県の郊外にあった。渡り廊下の先にある離れの客間には、布団がふたつ敷かれている。彼はまだ戻ってこない。台所で姑と彼がひそひそと話し込んでいる気配が伝わってきた。わたしの悪口であることは容易に想像できた。

「七対三の割合であなたの方に非があるんじゃないかな」。戻ってきた彼は唐突に言った。頭脳明晰な彼らしい分析だった。〝七〟はもちろん姑である。たとえ分が悪くても、わたしに〝三〟の恩情が与えられたようで、その時はありがたく思えた。完璧な奥さんとして振る舞えないのなら、それはもう自己採点上は零点に等しかったのだ。

釣った魚に餌をあげなかったのは、むしろ自分の方だった。結婚したとたん、わたしは豹変した。養ってもらう立場の心もとなさは、彼の実家に行っても自分の実家に行っても変わらず、実に肩身が狭いということに気づいた。すべて初めて経験することだったが、実家にいる時から、心の底で感じていたことだったのかもしれない。食べさせていただくために払っていた母の犠牲のようなもの――夫を立て、夫の好みや方針を優先しなければならないということ、嫁という立場の割の合わなさ――が、いざ結婚すると自分のこととして降りかかり、それに対する憤りが心の奥底から頭をもたげ、反抗心という形で義母に伝わってしまったのかもしれない。相手の機嫌を取るよりも逆なでする方が、わたしには容易なことであり、馴染みがあった。

専業主婦が、夫の稼ぎをなんの引け目もなく使って、お小遣いなどと称して相手に渡していられるのが不思議でたまらない。嫌みではない。その自信はどこからくるのか。それを愛というのか。そういう状況に甘んずるには、自分がいないと夫が何もできない必要があった。それが自分の不安定な身の上を確実にする方法であるように思われた。だから彼がなんでもできてしまうと困るのである。しかし、わたしは相手を無力化できるほど、家事にたけているわけでもなく、人の面倒をこまめに見るたちでもない。もしも結婚というものがわたしの考えるようなものだとしたら、これほど結婚に不向きな人間もいないのではないだろうか。

時代背景もあったかもしれない。二十五歳をクリスマスケーキと煽り、シアワセになってね、というセリフがイコール結婚を指すような時代だった。適性など考えもせず、誰もが結婚を目指していた(ように思われた)。わたしが結婚をあせっていると、母が「おさんどんのどこがいいのよ」と漏らしたことがある。しかし、それ以外の道を積極的に提案できるほど時代に逆らえる人でもなく、娘が自分の稼ぎで食べていける能力を持っているかもしれないなどとは、母も、そしてわたし自身も全く思っていなかった。

わたしが彼の背後に父親を見ようとしていたように、彼もまた、わたしに姑の姿を求めているように感じられた。彼を負ぶって畑仕事をしたという働き者の姑を。

自分のことを出来損ないの家政婦だと思っていたせいか、いつまでたっても、夫と暮らしていた宇都宮のアパートを自分の家のように思えなかった。彼の留守中にラジカセのボタンをくりぬいても、彼は何も言わなかった。

ある日、夜遅く帰宅した彼が、テレビの上に飾りっ放しになっていたクリスマスツリーをつかんで床に叩きつけた。そりに乗ったサンタクロースや屋根に雪のかぶった家、金色の星……小さな飾りがあたりに散らばった。いつまでも心を閉ざしたままのわたしへの苛立ちが伝わってきた。憤りをどう表現していいかわからない彼の哀しみがそこにあった。

完璧に期待に添えなかった時に、のちのち場所を変えて何度も顔を出すことになるわたしの振る舞いの結果がそこにあった。申し訳なさそうな素振りひとつ見せず、それどころか、関心がなさそうにしたり気づかないふりをしたりする。相手にしてみれば、自分の存在が無視されているように感じて苛立ちを募らせるという、母との間で繰り返されたやり取り――。一度ついた汚点を挽回するには、よほどがんばらなくてはいけない。彼には、最初から最後まで責めるべきなんの落ち度もなかった。無傷のままはるか先を走っている彼に追いつくのはもはや不可能だった。消しゴムで一気に消して、レースそのものをなかったものにするしか方法はなかった。

親を巻き込んで話し合いが行われた。

彼が父にぽつりと言った。

「最近は、よくやってくれていると思っていたのに」。最後の最後になってようやくわずかばかりの点数を与えられた気がした。しかし今となってはなんの役にも立たない。

仲人の伯父の家で離婚届に印鑑を押した。夫という買い手から、父親という元の所有者へ、不良品という熨斗紙をつけてわたしは返品されたのだった。

その時わたしは、ひとり娘が出戻って、父が気の毒でかわいそうな状況になったと思ったか。否、思わなかった。

わたしの手元には、二歳の息子が残った。

弟が亡くなったのは、生後八か月の時だった。わたしは八歳だった。

赤ん坊というものは一日中寝転がっているものだと思っていたので、弟の発達の遅れにわたしは気がつかなかった。首を上げるのがやっとで、這い這いもできなかった。母に連れられてしょっちゅう病院通いをしていた記憶はあるが、わたしにとって弟は、意思疎通のできない赤ん坊でしかなかった。弟が生まれてから、やきもちからか、急にわたしの寝起きが悪くなったというが、覚えていない。おしゃぶりを買ってきてあげてと頼まれたのに、ぐずぐずとごねて結局買いに行かなかったことはよく覚えている。弟が健在ならば記憶にも残らないようなエピソードが、彼が死んでしまったことで、痛みを伴っていつまでも心の中に生き続けてしまう。

父は会社から帰ると、ネクタイや背広もそのままに、真っ先に、母に抱っこされた弟のもとへ駆け寄り、抱き取ってあやした。休日には、柔らかい敷布の上にうつぶせにして、なんとか寝返りができるようにと声をかけていた。

夏休みだった。弟に熱があったのに、計画通り四人で旅行に出かけた。予定が変更になるとわたしの機嫌が悪くなるからというのが理由だったらしい。行った先で弟の具合が悪くなったので日程を繰り上げて帰り、そしてその晩亡くなったとあとになって聞いた。彼の死が自分の言動と結びついた。それだけでなく、首がすわったら抱っこさせてあげると言われていたのに待ちきれず、母の留守中にこっそり抱き上げたり、毛布を顔にかぶせたり、おでこを雑巾で拭いたりと、そうしたいたずらの数々が弟の死を招いたと感じた。体調が悪いところにもってきて、意地悪な姉に絶望して逝ってしまったのだと。年を経るにつれ、その思いは強まった。

父は悲しみの感情をその時永遠に葬ったのだろうか。火葬場のロビーで「ジュースでも飲むか」とわたしに問いかけた顔には、表情がなかった。

弟の遺骨は岡山県の山間にある、父方の曾祖母が眠る小さな墓に埋葬された。

数年前、神奈川県内に実家の墓を建てた。弟の骨を分骨して移さないのか尋ねると母は、「こっちのお墓には、あの子の写真だけ入れればいいと思っているの。もうあっちのお墓で、〝おばあちゃん子〟になってるだろうし。それに分骨の手続きは大変らしいのよ」と言った。それでももやもやと諦めきれない思いが残ったのは、罪悪感からだった。

弟が亡くなってから、両親が家の中で彼のことを話すことはなかった。少なくともわたしの前では。八か月しか生きておらず、言葉でコミュニケーションを取れるようになる前にいなくなってしまったので、思い出らしい思い出もなかったのかもしれない。しかし彼は八か月間、確かに生きていた。四人目の家族としてそこにいた。小さな仏壇の中におさまっても同じ部屋にいて、そこからずっとわたしたちを見下ろし続けていた。

命日になると、閉じられたままの仏壇がその時だけは開けられて、お線香の匂いが家の中を漂った。しかしそれも数年後には絶えた。彼はダウン症だったと、三十年以上も経ってわたしは母から初めて聞かされたが、本当にそうだったのだろうか。亡くなった時にかかりつけ医から病名を伝えられたそうだが、なぜ生まれてすぐに知らされなかったのだろう。諦めるためにそういうことにしたかったのではないかと勘ぐった。

しかし事実はどうであれ、健康に産んであげられなくてごめんなさい、という懺悔にも似た悲しみを、母はずっと抱えて生きてきただろうし、父に対しては、健康な男の子を産み育てられなかったことへの申し訳なさを感じ続けてきただろう。父の妹に男の子が生まれた時、父は五月の節句人形をうらやましそうに見ていたと、母から聞いたことがある。たった数か月でも、生きていた人は遺された家族に大きな影響を与える。いなかったことになどできないのだ。

線香は焚かなくても、命日の八月五日は、ほかのどんな日よりも意味を持つ日になった。テレビや新聞のニュース、コマーシャルで見かける、いわゆる標準世帯の定義や姿を見るたびに、欠落した家族を意識しないではいられなかった。完璧な家族の人数は四人だった。

形ばかりを完璧に整えようとして、逆の結果になることはよくある。ガイドブックのうたい文句を目指して温泉でゆっくり、まったりしてこようとすればするほどその思いや計画に縛られて、かえって疲れて帰ってくるように。

こんなことを尋ねたり言ったりしたら、何かが壊れるのではないか。相手を傷つけるかもしれないし、機嫌を損ねるかもしれない——。そういう脆さがわたしの家にはあった。関西弁特有の軽さやユーモアにくるんだり、大げさに盛ったり取り繕ったりして、衝突が避けられてきた。都合の悪いことは存在しないように見えた。

息子を連れて実家に戻ってきてからは、元夫、つまり息子のお父さんという存在を口にすることがためらわれた。彼をどんな位置づけにして説明していいのか、わからなかった。姑からは別れ際、息子の悪口を孫に吹き込んでくれるな、ときつく言われた。もちろんそんなつもりはなかった。彼を批判する資格はわたしにはない。しかし悪口どころか、存在そのものを口にしないというのは、ことによると、悪く言うよりも始末が悪いのではないか。隠ぺいするつもりはなくても、息子が一番聞きたいであろうことを聞きづらい雰囲気にしてしまったのだから。

息子に話したのは彼が高校を卒業した年だった。息子のために話したのだとその時はそう思っていたが、自分が早く荷を下ろして楽になりたかったのかもしれない。受験のことで頭がいっぱいで、なんの心の準備もないところに、いきなりそんな大事な話をされて、彼はとまどっただろう。思春期を迎え、いっそう口を閉ざすようになっていた息子とどう関わっていいか、いや、すでにまともに関わることができなくなっていた。だからとても唐突で不自然な切り出しかたになった。事務的でさえあった。「いいよ、もう」。そう言う息子の気持ちを慮る余裕もなく、元夫のスナップ写真を息子の眼前に差し出した。

父は極端な偏食だったが、「ちっとも食べてくれない」というのが唯一の欠点であるかのように母はしょっちゅう口にしていた。妻たるもの夫のワルクチなど言ってはいけない、というのが持論の彼女にとって、それは夫の体調を気遣う立場から許される発言であり、それが、言いたくても言えない、あるいは言ってはならないすべての不平不満を肩代わりするかのようでもあった。

父にしても、母のことを悪く言っているのを聞いたことがない。実家のことについても、ひとことも口にしたことはない。人は、圧倒的な優位性を感じると、かえって寛大な態度を取るものである。だからこそ、何かのきっかけで母がプイと部屋に引っ込んでしまった時に父が、「すぐ、ひがむんやから」とつぶやいた、ちょっとしたセリフが際立って記憶に残った。

父の傷つきやすさに母は気づいていた。はっきりと注意されたことはないが、父のメンツをつぶすような発言は、家の中では禁句だというのは子供心にも感じ取れた。食事の最中に父は母を相手に同僚を称して、「全くぼんくらばっかりや」と愚痴ったり、自分に対する相手のセリフを敬語にしてみたりと、偉ぶってみせるのはしょっちゅうで、母は反論することもなく、ふん、ふん、と相槌を打っていた。関西弁は便利な方言で、自慢話や人をけなす言葉も、言いようによればユーモアを含んで聞こえる。しかしわたしには聞くに堪えず、話がそういう展開になると、これみよがしに耳をふさぎ、彼らのひんしゅくをかった。カレンダーの裏に、「実るほど頭を垂れる稲穂かな」と大きな文字を書いてわたしは自分の寝室のドアに貼っておいた。面と向かって言えないことを付箋に書いて同僚の机に貼っておくというのは、職場でありがちな嫌がらせだが、あの拡大版であった。

そうした引っかかりが目覚めるからだろうか。メンツを守ろうとする上司や同僚のさりげない言い回しを前にすると、それを叩きつぶさんとするセリフが沸々と喉元までせり上がってくることがある。そのまま口にしなくても、日々のこちらの言動で相手に伝わっているかもしれない。

夫との関係性がこじれた末に、義母が忌々しげに言い放ったセリフにも合点がいった。「あなたのお父さんはちっとも偉くないのよ。全く偉そうに！」。そう言ったのだ。彼女は見抜いていた。慎重に隠され、かばわれてきたそのことを、彼女は見抜いて腹いせに叫んだのだった。

食事作りはもちろん、息子の身の回りのことは母が受け持ってくれていた。冬になったら暖かい毛布を用意し、靴が小さくなったら大きい靴を揃えるといった配慮に、わたしは無頓着だった。代わりに、休日になると息子を映画や旅行に連れていった。それが父親の役割だと思っていた。しかし計画通りに動こうとするわたしと、マイペースの息子との間で、ごたごたが起きた。

父の定年後は、わたしの帰宅を待って夕食が始まったが、実家の主は父であることに変わりはなかった。保育園の送り迎えをしようと、学費や給食費を払おうと、休日、どこかに連れていったりしようと、わたしは自分が誰かの母親であるという実感に乏しかった。年の離れた弟がひとりできたような感覚だった。

居場所とは、なんらかの役割を負ってこそのものだとしたら、わたしには、確固としたそれがないように感じていた。あれほど帰りたいと恋しく思った実家も、戻ってみれば、もはや結婚前の〝娘〟という立場ではない。「母親なんだから」と言われても、母親っぽい役割の人はすでにそこに控えている。宙ぶらりんな状態だった。ほかにどういうことをしたら「母親」らしいのか。子供の性格を矯正するのが役目とばかりに、細かい規則をつくったり、罰としてお小遣いを取り上げたりする管理体制を見倣う気はしなかった。

両親もわたしも、お互いに言いたいことがあっても口に出せず、顔色を窺い合いながら過ごしていた。母の機嫌を損ねたら、日々の食事を満足に賄うことができなくなってしまう。わたしは、彼女のように栄養のバランスの取れたおいしい食事を作ることができなかった。

彼らの支配する家に、わたしはくさびを打ち込みたくなったのかもしれない。息子に対する両親の関わりを見ていると、自分の育った過程を思い出さずにはいられなかった。進学について父が口を出してくるたびに、わたしの方がやきもきとして反抗したくなった。「おまえのためや」と言われながら、結局は親の言いなりに言いくるめられてきたのではないかという思いが復活した。

わたしは父と張り合おうとしていたのだろうか。彼らのやりかたとは真逆の方法で息子に関わろうとした。母の言うことをいちいち否定し、父の介入を警戒することで。彼らの言うことを吟味もせずに、右と言われれば左を、左と言われれば右を選ぶことで。しかし結局のところわたしもまた、「息子が誰にも支配されないように」という大義名分のもと、息子をそして自分自身をも〝支配しコントロールしようとした〟のに過ぎない。「頼みもしないのに出戻ってきて、そんなに気に入らないのなら出ていけばいいのに」とは、もっともな母の言い分である。

初詣に行った鎌倉の鶴岡八幡宮では、歩みのすでに遅くなっていた両親を置き去りにして、早歩きでさっさと小町通りを通り抜けた。親をいたわるなどという感情とは無縁。父と母、合体したふたりはいつまでも強大で、彼らを前にわたしは無力だった。

わたしは息子に嫉妬もしていた。家に帰ってくると、父と息子がテレビゲームに興じている。わたしはゴジラのように間を横切ったり、パソコンとゲーム機器をつなぐコードを隠したりした。弟が生まれた時に、そうとは自覚しないで味わった感情と同じものだったかもしれない。弟が死んだことによって、あとあとまでしこりとなったのと同じように、こうした態度すべてが、後年、息子を実家から遠ざけたのだと思うと、本当にやりきれない。

息子が中学三年の時だ。この頃にはすでに耳の遠くなり始めていた父は、テレビのボリュームをほぼ全開。居間のテレビからは、バラエティー番組の出演者ががなり立てる声が響いている。受験を控えた息子は夕食を終えても二階の自分の部屋に引き揚げず、その騒々しい空間にとどまって黙々と勉強をしていた。今考えれば、食後、片づけの手伝いもそこそこに自分の部屋にさっさと引っ込んでしまうわたしの代わりに、その壊れそうな団らんの形を、必死に保とうとしていたのではないか。本人にそうと自覚はなくても……。

息子はなかなか眠らない赤ん坊だった。抱っこしている間に寝足りるようで、下に置くとすぐに泣き出した。唯一、ミルクを飲みながら寝ついてくれることがあり、しかしそれがかなわないと裏切られたような気がした。理屈通りにコントロールできない存在に拘束されて、わたしは怒っていた。わあわあ泣きながら、覚束ない足取りで近づいてくる息子の姿に、自分が責められているような気がした。

息子が少年野球のチームを退部したいと言った時、わたしは彼の目の前でペットボトルを床に叩きつけた。練習や試合で息子が不在の間だけでも、わたしは外を出歩きたかったのだ。日頃から自分の母親に任せっ放しで、役割などといえるほどのことはなにひとつしていないのだし、彼にしてみれば、やりたくもないことを無理やりやらされるぐらいなら、どうぞお母さん、勝手に遊びに行ってくれよ、と言いたかっただろう。しかし当時のわたしはそのように割り切れなかった。日頃任せっ放しだからこそ、休日、息子を家に置いて、自分だけほっつき歩くのが許されないように思えた。

そして息子の浪人が決まった時、納得したつもりが、やはりわたしはどこかもやもやしていた。受験料の振り込みに走ったり、試験に出かけている間、やきもきしたりしたすべてのことが、報われなかったような気がしていた。本人が一番辛かったのだと思うが、大して申し訳なく思っているふうに見えなかったので、腹も立てていた。自分の分だけピザを注文して残骸だけが食卓に転がっているのを見てわたしはキレた。何もピザの分け前を望んでいたわけではない。台所の椅子をぶん投げ、冷蔵庫のドアに当たり散らした。「片づけてね」「食事がいらない時はあらかじめ言ってね」といった当然のひとことも言えずに日々積み重なっていくと、あらぬところでいきなり爆発する。両親の言い分と息子の立場との板挟みになった生活は限界にきていた。息子もまた平気なふうを装って、それ以上傷つくことから自分を守っていたのだろうか。母に叱られた時のわたしのように。

ついに、それまでの両親の我慢が爆発した。

きっかけは、わたしが息子の引っ越しに伴う荷造りを、母親任せにしたことだった。息子の大学進学が決まり、家を出ることになったのである。言い訳をするなら、入学の手続きに粗相があってはならぬと走り回り、わたしなりにその時は精根尽き果てていたのだ。引っ越しの話から、これまでのあれやこれやにまで話が拡大し、挙げ句の果てに父が、「親子してヘンだ」と吐き捨てれば、わたしはわたしで、「そのわたしの親は誰なのお！」と言い返す。「人を踏み台にしてえ！」と母が父に味方して叫ぶ。すったもんだの挙げ句、わたしも家を出る、出ない、の展開になったが、不動産屋に行く直前に父が風邪をひき（こんな修羅場になっても、父に家探しを手伝ってもらおうとしていた）、そのうち、「言い過ぎたわ。ごめん」と母が折れ、父も、「家にいてくれさえすればそれでいいんだ」と懐柔策をとることで、この家出話はうやむやになった。売り言葉に買い言葉とはいえ、その時点で家を離れることに必然性がなかったので、ほっとしたのも確かだった。息子が家を出たことで、重しが取れたのだろうか。三人家族に戻ってからは、わたしは職場から帰ると自分の夕食だけ作って食べた。少しばかりの解放感を味わいたかったのかもしれない。母にしてみれば、今までさんざん人に作らせておいてなんだって今頃……と不服そうだった。

最近になって母が口にしたセリフに、驚いたことがある。

「こんなぼんやりしたお嫁さんでも、いないよりはましだったんじゃないかなあ、と思うようになった」。母がこんなに謙虚といえなくもないセリフを放ったのを聞いたのは、初めてだった。今まで自分のことを引け目に思っていたのか。〝気の毒なお父さん〟が母のつくったイメージなら、彼女の中でその一部分が昇格したのだろうか。

「父さんって、支配的だよね。すぐ自分の思い通りにしようとするし」「知ったかぶりするんだから」「全く偉そうにな」――。そんな話を聞けるようになったのも、わたしが家を離れて別々に住むようになってからだ。母はずっと前から感じていたのだ。今や、娘に父親のことを偉く見せなくてもよくなったのか。それとも、そう見せたくても無理があるほど、年を取り過ぎてしまったと悟ったからなのか。今まで胸に閉じ込めていたものを吐き出したくなったのか。

「年を取るとあれこれと口うるさくなる人が多いみたいなのに、うちの父さんはそんなことなくていつも優しいでしょ」と母は言う。確かに父は昔から、例えば、食べ物の味つけにあれこれと文句を言うことはなかった。なかったが、極端な偏食で、お気に召さないものには頑として口をつけようとしなかった。味噌汁に浮いたワカメの切れ端ひとつ、父には許せない存在らしく、目ざとく見つけては放り出した。偏食ぶりに気づいたのは結婚してからだそうで、「明日食べる」と言って食べ残すので、言われた通り次の日に出すと、「これはもう腐っている」と言って結局食べなかったそうだ。よく考えたら、というか考えなくてもずいぶん失礼な話である。食生活は大事だ。おそばをすする音が気に障り、結婚を取りやめたと噂になったかたがいたが、もしも母が結婚前に、父の偏食ぶりを知っていたら、果たして結婚しただろうか。バラエティーに富んだメニューを考えなくて済むわ、とは言っていたが、彼女は管理栄養士の資格を持つ。腕の見せどころがないのは、なんとも張り合いがないだろう。外食する店も限られてしまう。「お父さんは偏食だから、わたしがいないとダメなのよ」とは母の弁だが、この、食べさせる、食べない、をめぐる支配関係は、飲む、飲ませないといったアルコール依存症者とその妻との関係性を彷彿とさせる。

母の手料理は、昔から食べ慣れてきたということを差し引いても、確かにおいしい。だからこそ、父の分までせっせと食べてあげなくてはならないという義務感のようなものを、いつも感じていた。それがわたしの役割分担だった。しかしどんなにおいしいものでも限度があるのだ。

そうしたことを補うためか、父には調子のいいところがあって、「今日のコメはうまいな、新米か？」などと適当なことを言って御機嫌を取ろうとしては、「いつもと同じよ」と母にあきれられていた。父は穏やかなたちだったのかもしれないが、ただ単に、無関心だったのかもしれない。どうでもいいことに対しては、あれこれと意見を言ったりしないものだ。

家の中で声を荒らげたりすることはなかったが、思い通りにコントロールできないことに関して、冷ややかな一面もあった。

子供のしつけをめぐって、わたしは父とぎくしゃくしたことがあった。息子が小学校の低学年の頃だっただろうか。わたしは徹底的に父に無視された。黙殺といったらいいのか。駅に行く道すがら出会っても、父はこちらを一瞥し、軽くうなずくだけで、表情ひとつ動かさず、あのシャキシャキとした歩きかたで行ってしまった。

わたしはひそかに打ちのめされていた。どう歩み寄ればいいのかもわからなかった。用事がある時は母を介して伝えた。母もその役割に甘んじてしまって、この状況を改善しようともしない。それはどのぐらい続いただろうか。父が腸のせん孔をおこして緊急入院し、生還してきた時には、まるでなにごともなかったかのように、関係性は元に戻っていた。

　電化製品は、父のおはこであった。電池ひとつ取り替えるのでさえ神聖な領域であり、決して踏み込んではならず、その分野では、彼を厳密に立てなくてはならないことになっていた。

　いつだったか、わたしがワープロを買った時、おれに相談もしないで買いやがってと、父はたいそう御立腹で、しばらくの間、口も利いてもらえなかった。それまでの父からは想像もできないほどの腹の立てっぷりで、自らの沽券に関わるようなできごとであるらしかった。もちろんこっちにだって言い分がある。そもそも、自分の稼ぎで自分で決めて買うのがなぜいけないのだろう。いつまでも父に頼っていてはいけないというような気持ちもあった。父は、電化製品売り場をあちこち見て回るのが好きなのである。何もそこまでめくじらを立てて「自分で」と思わなくてもよかったのかもしれない。しかしそんな些細なことが、わたしにとっては自立に関わる重大事項だったのだ。

　父も八十歳を超え、掃除機のダストボックスをはずす力もなくなり、逆向きにはめ込もうと格闘した挙げ句尻もちなんかついている姿を見ると、やはり早いうちから電化製品であろうと、電球を交換するというようなことであろうと、わたしは自分の力でできるようになっておくべきだった、いや、それぐらいのことは教え込んでおいて欲しかったと思う。それこそが、まさに父親の役割だったのではないか。電池交換の方法も知らずに、止まったら止まったままで時計を放置している母を見るたびに心細く思う。

令和二年。新型コロナウイルス感染症の流行により外出の機会が減ったことで、父の足腰はさらに弱った。以前から、出かけた先で足がすくみ、動けなくなって往生することが多くなっていた。摺り足で一歩一歩慎重に前に移動する父の姿からは、かつての歩きかたを想像することはできない。朝起きて歯をみがき、食事をし、テレビのニュースを少し見てからルーペを片手に、新聞の文字をひとつずつ探る。ひとつの動作に時間がかかるので、それほど多くないであろう人生の残り時間が、ルーチンワークをこなすだけで暮れていってしまう。近所を散歩したり家の中で体操をしたりして、コロナ収束後に備えておけばいいものを、テレビの前にどっかと座り込んだまま動かない。車椅子姿を見られたくないとリハビリを拒み、ベッドの上で三年過ごして亡くなった父方の祖母を彷彿とさせる。なんでも、道を歩いていて女の人に追い越されるのが悔しいのだそうで、それが外出を拒む原因ともなっているようだ。そのため、ほんの七、八分ほどのクリニックに行くのにもタクシーを呼んでいる。母とお揃いで買った杖も、みっともないからと、突いている姿を見たことがない。夫婦は似るのだろうか。「(杖は)おばあさんぽくって嫌」、と母もショッピングカートで代用している。八十代半ばを過ぎても、〝おばあさんっぽいのは嫌〟なのだ。せめて近所のクリニックぐらい父ひとりで行けるようになれば、母も自由になれるのにと歯がゆく思うのだが、彼女にしてみれば、自分がいないとお父さんは何もできない、というのが生きる張り合いになっているのだろうから、こちらがやきもきするのも筋違いかもしれない。

お父さんはかわいそうだのなんだのというイメージなどもはや必要ではなくなり、彼は本当に手を差し伸べなくてはならない人になった。

成長するにつれ、息子は元夫に似てきた。雰囲気はもちろん、口数の少なさや愛想のなさのようなところが。それが、実家の中に漂う表面的な調子のよさの中にあって、ずいぶんと浮いた存在と映るようになった。それでもわたしは心配していなかった。遺伝的に見ればそれはあたりまえのことであり、むしろそれでよかったとさえ思った。そういう意味では、元夫を信頼していたのかもしれない。

実家に順応し過ぎている状況こそがむしろ問題だとしたら……。息子が進学をきっかけに家を離れた時、わたしは達成感を抱いた。廊下をアコーディオンカーテンで区切っただけの狭い空間にこもって、彼は朝から晩まで勉強していた。話はしなくても彼は確かにそこにいた。そこから漏れる明かりが消えてもしばらくは、息子の気配が感じられた。平塚でひとり暮らしをしていた五年間、わたしは息子のことをほとんど思い出そうとしなかった。むしろ、こちらの狭いキャパを慮ってあれこれ言ってこないのだと、好意的に解釈しようとさえした。しかしまさかこんなに長い年月――もう十年以上にもなる――帰ってくるどころか顔も見せない、手紙の返事も来なくなるとは思ってもいなかった。かろうじて、二、三年ごとに転居する先の住所と転職のお知らせが、存在を主張するかのように届いて、かえってどきりとさせられる。

実家が建てられてから五十年近く経った。祖父に経済的な援助をしてもらい、無理して建てた家である。周囲の、同じ時期に建てられた家のほとんどが改築したり、住人が変わったりしている。かつての〝お城〟も、吹き抜け故に冬の寒さがこたえ、古さ故、あちこちが故障し始めている。月が変わったら即座にめくっていたカレンダーも、前の月のままぶら下がっていることもある。まめにメンテナンスをして決して止まったままということのなかった時計も、電池さえ替えれば動くのに、そのまま放置されている。

時が止まった家の中で、ただ人間だけが老いて年を重ね、家という器が古びていく。

その中で、自動的にフィルターの掃除がされ、リモコン操作のたびに、「適温に設定されました」と反応するエアコン、「お風呂が沸きました」と教えてくれる湯釜、扉が開けっ放しだと、ピーピー警告音を出して知らせてくれる冷蔵庫、スイッチを入れた時と、炊き上がった時に「きらきら星」や「アマリリス」を奏でる電気釜……などなど、大枚はたいて買ったという最新式の電化製品だけが元気いっぱい、まだまだ使えると言わんばかりに圧力をかけてくる。

祖父にしてみれば、自分の息子一代限りの助けになればそれでいいと思ってくれているはずである。まして、それが家族の枷になることなど望んでいないだろう。

わたしは五十歳の時に転勤をきっかけにひとり暮らしを始めた。当初は手土産など提げてお客様気分で帰省していたのが、十年も経つ頃には、そうした気楽な雰囲気からは程遠いものとなった。

母がずいぶん前から家の中を整理し、不要なものを捨て、終活を始めたのは知っていたが、それがより現実味を帯び、具体的で切羽詰まったものになってきたのである。父の認知症や緑内障、疎遠を保ち続けている息子――。気がかりなことはどんどん増えていった。加えて、大きい病気などしたことのなかった母が、軽いとはいえ脳梗塞を発症し、後遺症が治らない。父よりたった一日でもいいから長生きをして、本人の希望通りこの家で父を看取ることをなによりも使命としている母にとって、この病気がかなりの痛手のようだった。自分のために生きる、ということとは無縁の世代なのだ。

わたしが顔を見せるたびに、「わたしの（老人福祉）施設はここでいいから」「葬儀場はここね。人数によってコースは決めてちょうだい」「お墓の書類は仏壇の引き出しの中だから」「遺影に飾る写真はこの中から選んでね」などという展開となり、時にそれが涙声を含んでくる。泣きながらでも、必要なことはしっかり言いきろうとしている。しかし、「本当にいいお父さんにめぐりあって幸せだった」と、すでに未亡人になったかのようなセリフで結ばれると、芝居を見ているようで、悲しみよりも照れくささが勝ってどぎまぎしてしまう。娘としては喜んであげてもよさそうなものだが、なんだか自分が――御縁に恵まれなかったわたしが哀れまれているようでもあり、素直に「よかったね」と言うことができない。経済力を持たない専業主婦という立場の心もとなさを、短い期間だったが味わったというのに、それでも母のように、家の中でずっと保護されたかったという敗北感を抱いてしまう。たとえ、与えられたのが父の手のひらサイズの自由であったとしても。

この期におよんで〝いいお父さんアピール〟をされると、家を売る選択肢を口走るだけでも、自分がお父さんを売りとばそうとしている非情な娘に思えてくる。弱者というものは弱者のままで強い立場だ。かわいそうなお父さんは、あくまでもかわいそうな位置を保ったまま君臨し続ける。

〝お父さんはかわいそう〟という神話に、初めにくさびを打ち込んだのは、わたしの息子だった。遠く遡ってプラレールに反応しなかったあの三歳児の時、本人は覚えてもいないだろうが、あの時点ですでに打ち込まれていたのかもしれない。訳のわからない居心地の悪さを感じながら、神話が進行する舞台から飛び降りたのかもしれない。

四人の出演者が揃ってやっと収まったかに見えた神話は、息子が家を出ていき、わたしも転勤を口実に家を出たことで、ふたりの高齢者という登場人物だけで細々と演じられてきた。時たま、頼りがいのある（いいとこ取りの）娘がやってきては、ご飯を食べて帰っていったが、今後、共演者は登場しそうもなく、しりすぼみにすぼんで今にも消滅しそうだ。彼らとて九十歳に近くなり、もはや完璧なストーリーどころか、日、一日をよろよろと生きながらえていくだけで精一杯である。

令和五年春、息子からは、「シンガポールに引っ越しました」とひとことメールが届いた。わたしが実家を出た時に息子に送った、「引っ越しました」メールそっくりの文面で。父の認知機能がはっきりしているうちに一度会わせたいと思っていたが、これでは葬儀にも間に合わないかもしれない。

考えてみれば、いちいち親の介入を許したわたしと違って息子は、高校も大学も就職先も、そして転職先も、すべて自分で決めてきた。親や祖父母に、文句どころか口を差し挟ませる隙もなく。そして今回、海外に向けて飛び立った。敢えて憶測すれば、わたしの実現できなかった願望を体現してみせたのだろうか。優先されるべきは、他者の期待や価値観ではないことを、身をもって教えようとしたのか。

しかし、「親のようにはならない」と意図的に挑んでいる限り彼もまた、かつてのわたしのように、親をなぞった人生を生きていることになりはしないか。合わせ鏡のように右と左と真逆であっても、行動そのものは結局同じというような。必要なことだけをある日突然知らせてきて、こちらの質問には一切答えない。手紙に対しても梨のつぶて。これはとりもなおさず、実家で学んだコミュニケーション法にほかならない。

知人が言った。

「正しい子育てとは、子供に捨てられることです」。だとすれば正しい子育てだったということか。それにしては正し過ぎやしないか。極端な態度に出ないと離れることがむずかしいと思うほど、実家の三人組には強力な粘着力があったのか。それとも適度に関わるというのが息子は苦手なのか。ちょっと顔を見せてくれたって、と思うのだが、ちょっとやそっとでは済まないことを、彼自身承知しているからなのか。もしかしてわたしが玄関先で息子を通せんぼしているのか。娘では代わりのできない役割を、わたしが息子に肩代わりさせようとしているのだとしたら、警戒して近づかないのも無理はない。

しかしこうしたすべてのことは、あくまでも推測という名のもとに回収されてしまう。〝無言こそが雄弁〟とは先の知人の弁である。返事のないことが返事であり、語られないことこそがより多くの推測とメッセージを与え、新たな支配関係を生む。わたしの家族のコミュニケーションは、この無言の弁によって行われてきたのだった。

「ところでまだ連絡はないのか」。実家に帰るたびに父が必ず孫の所在を聞く。そのたびにわたしは胸がざわつく。一度ずつしか聞かないが、ずっと気にし続けているのがわかる。自分が責められているようで、悲しみと後悔、怒りさえも湧き上がる。高齢の父が生きている間にひと目会いたいというのも、どう考えても理不尽だとは思われない。自然な気持ちだ。会わせたいというわたしや母の願いだって、おかしいとは思わない。それぞれの立場からすればそれなりの言い分がありそうなのに、肝心なことはなにひとつ語られないまま、その結果としての今がある。

息子からメールを受け取った時には、なんだか諦めがついたような、好きに生きればいいんだよ、と背中を押されたような、すがすがしさが頭をよぎったことも確かだ。母曰く、「これでふんぎりがついた」のだそうで、あるいはわたしもそういう気持ちだったかもしれない。そして一方では先を越されたような寂しさもあった。ひとり暮らしとはいえ、心理的には実家を離れられなかったことを思い知らされたようでもあった。

役所とひと間のマンションと実家と……。十一年の間、わたしは小さな自分の部屋で、新聞をめくり、本を読み、文章を書いて過ごした。休日には、近所のカフェや映画館まで自転車を走らせた。DVDを借りて映画鑑賞をし、時にはカラオケで中島みゆきを熱唱した。昼間に夕食を食べるのも自由。自分のペースで生きることに固執していた。皮肉なことに、マイルールへのこだわりが、かえって不自由と拘束をもたらしもした。今のうちに、という切迫感があった。好きなように生きているようでも、いつかこうした生活に終わりが来ることを予感し、恐れてもいた。

二度目に入居した部屋は実家とは二駅しか離れておらず、両親のかかりつけの病院は目の前だった。区役所にも近いので、介護保険の事務手続きにも何かと便利だと踏んでいた。彼らの介護は同居ではなく、近居で支えられるだろうと考えていた。しかし現実はイメージ通りにはいかない。通院の付き添いやケアマネさんとの打ち合わせ、ちょっとした用事——それはコンビニでの支払いや、ポストへの投函のようなことから、買い物の同行など、実家とマンションとの行き来が増えてくると、多くの時間が消費される。こちらの体力も落ちてくる。生きているのかそうでないかの安否確認も、同じ屋根の下に住んでいれば、ちょっと階段をおりれば事足りる。なにより、定年退職によって仕事を失えば、家賃の捻出もむずかしくなるかもしれない。

がっしりとしたベッドと、当時最新式だった学習机のある実家の子供部屋は今も健在だ。わたしはこの机の上で、来る日も来る日も日記を書いた。テストの点や体育、学校行事の憂鬱から逃避するかのように、憧れの教師や刑事ドラマの女刑事を夢想して過ごした。級友とのあいまいで不安定な関係性に耐えられず、居場所がないように感じていた。「卒業しさえすれば」と、ここではないどこかに憧れ、自分ではない誰かになろうと叱咤激励していた。

そもそも人生というのは、子供時代とそうかけ離れた展開になるように仕組まれているのではなく、あくまでもその延長線上、想定内におさまるようにできているのではないか。たとえ本人にとっては不本意に思えても、俯瞰してみればその人らしくつじつまが合うように。早く解放されたいと思っていた学生生活も、終わってみたら次に待っていたのも、人間関係がより複雑でしがらみの多い世界だった。「役割分担」という居場所だけに厳密になろうとすればするほど、周囲と齟齬が生まれた。そして相変わらず、わたしはその場から〝脱出したい〟と願っているのだ。まるで本番はその先にあるかのように。しかし実際にはリハーサルなどはなく、テレビドラマのように都合よくおさまりのつくものでもない。頭の中でふわふわと思い描いただけのいいとこ取りの生きざまには、つけを払う時がそのうち必ずやってくる。


先日、実家に帰った時のことだ。それまでテレビの方を向いていた父が、くるりと座椅子をこちらに向けた。叱られる覚えはないが一瞬構える。触れられたくない話題というのはあるのだ。父は、昔の話を好んでするようになった。五分前の記憶はあやふやでも、数十年前のことはかなり細かく覚えている。

その日は現役時代の話だった。通称「寺専」と呼ばれ、会社内で恐れられていた取締役がいた。地方からの出向ということで当初軽く迎えられたが、技術畑に詳しく、たちまち頭角を現して、「天皇」とまで呼ばれるようになったそうだ。彼が朝、工場内を視察する時間になると、その場がピリピリと緊張感に包まれたのだとか。

父は大学を卒業すると、長姉の縁故で就職した。その頃は就職難の時代だったそうだ。入社した会社は戦時中、武器の製造に関わっていたが、それを平和産業として復活させた立役者が目をかけてくれたそうで、父は係長からの最短昇進を果たした。まさに鶴のひと声。男性にとっては鶴になるのも、鶴の恩恵に与《あずか》るのも誇らしいできごとらしかった。「サラリーマンにとって、役職が上がっていくのは、本当におもしろかったな」と父は満足そうに言った。以前は、同僚をくさしたり偉ぶったりする発言に抵抗感を抱いたわたしだが、素直に聞けるようになっていた。必ずしも同じ価値観ではなくても、共感する部分が多くはなくても、戦後の経済成長の支え手のひとりとして、父は自分の価値観でもって人生を生ききったのかもしれない。そういえば、有給休暇を取っている父を見たことがない。孫の保育園の運動会には、背広姿のまま駆けつけた。

父は最後につけ加えて言った。「いい人生だったな」。それを聞いてわたしは、「そう思ってくれるの？」と聞かずにはいられなかった。父の人生の登場人物のひとりとして。

そこへ母がすかさず口を挟んだ。

「いい奥さん、もらったしね」

すると、もともと耳の遠い父がとぼけた雰囲気で返す。

「急に聞こえんようになった」

そう遠くない将来、父にまつわるこの神話は幕を閉じるであろう。

「だいじょうぶやろ」。父のこの言葉によって支えられてきた多くのできごとと、その裏にある哀しみ——。

舞台を支えてきた一出演者として、神話の醸し出す幻想にすがりつき、いつまでも浸っていたいとその脚本にこだわり続けているのは、誰でもない、わたしである。自分の人生を賭して支えてきたのに、という思いもまた、幻想に過ぎない。今、自分の期待と願望に正直になるのだとしたら、わたしが息子に会いたいのかもしれない。

# 脈々と

母方の祖父とわたしはゆっくり話をしたことがない。わたしが人見知りということもあり、祖父も、たまにしか会わない孫にどんな話題を振っていいかわからなかったのだろう。

わたしが中学生に上がる年の春、神戸に住む父方の祖父が亡くなった。弔問に訪れた母方の祖父が玄関先に現れ、たまたま階段の上にいたわたしに向かって、やあ、とでもいうふうに帽子をちょっと上げてみせた時、意外な気がした。おじいちゃんは、わたしの顔を覚えてくれている、というような驚きにも似た気持ちだった。コートをかける場所を探していたのでわたしが受け取ってハンガーにかけた。うっかり渡したのを不安に思ったのだろうか、帰り際、祖父はコートのありかを母に尋ねていた。

わたしの名前をちゃんづけではなく、〇〇子、と呼んだ親戚は、この祖父と父方の祖父のふたりだけである。

母の実家、新見市千屋は岡山県と鳥取県の県境にある村で、新幹線を使ってもほとんど一日がかりである。わたしが子供の頃は、駅からボンネットバスが走っていた。道幅いっぱいに走るバスの窓を、山から伸びる枝葉がバサバサとなでた。走っても走っても、重なり合った山が前方から現れた。

家の前にどっしりと構えた山のたたずまいや、夕立後の草の濡れた匂い、風呂を沸かす時のパチパチと薪のはぜる音と立ち込めた煙の匂い、土間のひんやりとした空気。家の中や周りを取り巻くものがわたしの感覚の隅々にまで深く染みついていて、何かの折に蘇ってくることがある。

わたしと母が長いことかけてたどり着き、鍵のかかっていないガラス戸を開けると、祖母が不自由な足をかばいながら出迎えてくれた。たったひとりでも、そこに待つ人がいてこそ家と呼ぶのだと、ひとり住まいの〝部屋〟に戻るようになってから知った。

祖父はたいてい田畑や山に出かけていて、夕方になると戻ってきた。

頭は坊主刈り。剣道のたしなみがあるらしく、仏壇の部屋（そこはそう呼ぶにふさわしく、押し入れの半分をぶち抜いた幅も奥行きも立派な仏壇が据えてあった）で、竹刀を振っていた。誰も思いつかないようなことを始めるのだが、あとが続かないのだそうで、母曰く、「発想だけはいいんじゃが、それをうまく展開できない」のだとか。羊や蚕、鶏を飼い、それらで家計を支えようとしたこともあるらしい。

何かを決めるのに時間がかかるたちで、戦時中、薬局を営んでいた神戸から、実家のある千屋に疎開するかどうかで三年間迷い、爆弾が頭上に落ちるようになって初めて重い腰が上がったとか。戦争の終わる前の年、母が小学一年の時だった。祖父は次男で、長男は医師として当時の敵国アメリカにおり、いつ戻ってこられるかわからない。母親の面倒を頼まれていた祖父は、戦争が激しくなったために、疎開という形で千屋に戻らざるをえなかったようだ。あと一年我慢すれば戦争も終わり、一家は神戸暮らしを続けていられたかもしれないし、一家全滅の憂き目にあえば、当然わたしは今、ここには存在しないだろう。

祖父はお人よしでもあったので、貸したお金を返してもらいに行くのにも、大変勇気がいるらしかった。最近になって、「(自分の)父親の性格に似てしまうよね」、と娘の立場として母と共感し合ったことがある。わたしにとっての母のイメージは、お人よしとは程遠いものだったので意外でもあった。しかし、町会の理事をあっさり交代してあげるところなど、他人との関係性においては、なるほど、そうといえるような場面がよくあったかもしれない。

しっかりものの祖父の姉が始終出入りしては口出ししており、母などはこの伯母のことを疎ましく思っていたようだが、世慣れた彼女のおかげで、ずいぶん助けられたこともあったそうだ。ちなみに、母の縁談の仲人は彼女なのである。

夏休みに遊びに行った時、びしょ濡れになった祖母が猛烈に腹を立てていた。現場を見たわけではないが、祖父がなにやらやっちまったらしい。穏やかな祖母の怒った顔そのものを想像できないぐらい、彼女と怒りは結びつきがたかったが、その日はよほど腹に据えかねたのに違いない。わたしには遠慮があったのか、「まあた突拍子もないことをして……」と、母にだけ聞こえるような小さな声で、忌々しげに言い放った。何か気の利いたことを思いついて実行しようとしたものの、結果的には水をまき散らして失敗に終わったらしい。傍目にはたわいないことも、それに長年の我慢が加わると、雰囲気は俄然、険悪になる。

一時期流行ったぶら下がり健康器が置いてあったが、これがその用途として長らく利用されたのか、されなかったのかは聞いてみなくても想像がつく。

母から聞いたことに基づいて、祖父母のことを書き綴ってみると、ただ懐かしさだけが蘇ってくる。一緒に住んでいた家族にしてみれば、ほとほと困らされたであろうことも、第三者として聞く分には笑い話となる。事実は事実として、なんの屈託も葛藤もなく受け入れて聞くことができる。

生きているうちにもっと本人に会って、話をしておけばよかったと残念に思う。

戦後の農地改革で土地を取り上げられてからは、一家は山を切り売りしながらの厳しい生活であったようだ。米や野菜は商売になるほどには収穫できず、主に自給自足用であった。

保健所に勤務していた祖父は、週末になると、電車賃を節約するために山を越えて三時間歩いて帰ってきたそうである。高校の時に下宿していた母もまた週末になると、祖父と一緒に山越えをしたそうだが、深々と降り積もる雪の中、田んぼと畔道の区別もつかないような真っ暗な道を、雪に足を取られながら父親の腰にしがみついて家にたどり着いた娘時代の話を聞くと、母が娘であったこと、祖父が若々しいお父さんであったというあたりまえの事実に新鮮さを覚える。

同居していた祖父の母親（わたしから見れば曾祖母）は、わたしが幼稚園に上がる頃には、すでに背中の丸まった、おばあさんらしいおばあさんだった。子供にとって、おばあさんというものは、おばあさん以外のなにものでもない。皆が集まる囲炉裏のある部屋の隣、窓のない小部屋にいつもいて、戸を開けると座布団にちょこんと座ったまま、すうっと出てきて食卓についた。そして、食事が終わるとまたそのままの姿勢で戸の向こうに引っ込んでしまった。彼女に話しかけたり、御機嫌伺いに出向いたりしたことはなかったが、食事以外の時間もそのままの姿勢で、向こうの部屋にじっと控えているように思えた。

次に会ったのは、彼女の葬儀の時だった。

たまたま夏休みの帰省で戻った時に、彼女の訃報に出くわしたのである。

曾祖父が僧侶と仲がいいしていたとかで、葬儀は神式で行われた。小さな山村のこと、僧侶がほかにいなかったのだ。よほど珍しく思えたのか、神職さんが、はたき（のようなもの）を右に左に激しく振っておはらいをしている光景を、そこだけ切り取ったように覚えている。就学前のわたしは、死の意味についてほとんど理解していなかった。

祖父が亡くなったのは、わたしが大学生の時、年の暮れであった。

裏山で道に迷ったのである。普段歩き慣れている場所だったので油断していたのかもしれない。冬は日の暮れるのも早い。寒さで体力も奪われたかもしれない。

田舎の頼もしいところは、行方不明者が出ると、集落の家々が人を出して大掛かりな捜索をしてくれることである。

「お～い」という呼びかけに「お～い」と返事が返ってきた。くぼみに落ち込んで出られなくなっているところを発見された。最後の力をふりしぼったのか、助けの声を聞いて安心したのか、運ばれる途中で意識を失い、そのまま戻らなかった。

村に葬儀屋などは存在せず、こんな時も、集落の住民が総出で手伝いにやってきてくれる。葬儀は自宅で行われる。座布団だけではなく、多くの人手が必要なのである。

昔の家の構造上、家の中は風が吹き抜けていくようにできている。裏の廊下に面した格子戸は透け透けで、囲炉裏の煙が抜けるように天井は高く隙間も多い。お手伝いにやってきた御近所さんが寒さに縮こまりながら、格子戸に障子紙を貼らせてくださいと懇願したそうである。写真を撮るのが好きな叔父が写した写真を見ると、皆さん、悲しみにくれるというよりも、黒服の肩をいからせて、ひたすら寒さと闘っているような面持ちに見える。

この地方の風習で、葬儀や法事にはあんパンなどの菓子パンが大量にふるまわれるそうだ。手伝いに来てくれた人たちに配り、親族が一日中かけて食べてもなお持て余したパンを、伯母が車に詰め込んで帰った。

祖父は自宅の裏にある墓地に埋葬された。このあたりはまだ、土葬なのである。時間をおいて、土地が平たくなったら掘り起こして骨を納めるのだと聞いた。

神道に鞍替えし、神棚までしつらえたのに、その息子の葬儀の時に神職は出払っており都合がつかず、葬儀は仏教で行われた。

三十年以上も前、まだ結婚していた頃のことだ。岡山にある夫の実家を訪ねた時、彼の父親が埋葬されている墓に参った。そのあたりも土葬のようだった。道路に面した山の中腹を削ってしつらえた小さな墓地で、まだ湯気の立っているような軟らかな黒土が盛られていて、踏むとふかふかとした。

どのあたりに立って何をすればいいのかわからず、道具を持たされておたおたとあとをついて歩いていると、「そこを踏んではだめ！」と姑からやんわりとした声が飛んできて、わたしは慌てて飛びのいた。その下に舅が眠っているらしかった。

わたしもいずれ、ここにはいるなんていうことは、想像もつかなかった。馴染みの全くない片田舎の山の中、地面の上にも下にも誰も知り合いがいないような場所に、永久に埋められるのはひどく心細く思われた。男性は結婚しても、望めば実の父親や母親と同じ墓に埋葬されるのに、理不尽である。

母から家系図について問わず語りに聞くことがある。それは非常に込み入っており、一度や二度聞いただけではとても覚えきれない。昔は兄弟も多く、おじ・おばの類も当然多い。それだけでなく、頻繁に養女・養子縁組が行われている。それも他人を養子にするのではなく親族間の縁組なので、兄弟であると同時に従兄弟でもある、などという複雑なつながりになる。伯母と呼ぶ相手が実の母親だったりもする。

そうした複雑な関係性を母は実によく覚えていて、出身学校名から、お互いの仲の良し悪しなど細かい事情にまで精通しているので驚く。

そのあみだくじにも似た家系図が、父方からも母方からも迷路のように伸びていて、今、ここにいる自分にいたる。その間、戦争のような大きなできごとではなくても、ちょっとした偶然やきっかけ――感情や気分のような些細なものでも――によって、行き違いがひとつでも起きていれば、自分も含め、今ここにいる人間がここには存在せず、誕生するはずのなかった別の人間がここにいることになる。紙に書けばただの名前の羅列に過ぎないが、ひとりひとりの存在は偶然性のたまものである。

生まれる前や死んだあとの方が時間は長いのだから、この世にいる間のほんの瞬間のような時間に顔を合わせたという事実は、さらに奇跡に近いといってもいい。

伯父や伯母など身近な人の訃報に出合うことが増えた。世代は着々と移り変わっている。そして、彼らのことを思い出すことも多くなった。むしろ生きている時よりもありありと。

震災前のあの神戸の家で、ほかの誰でもないわたしに向かって帽子をちょっと上げた祖父は、確かにあの玄関先に立っていた。子供の頃、人見知りもせずに懐いた数少ない親戚のひとりである伯父は、亡くなってそう経たないが、今どのあたりを歩いているのか。三十年以上も前に亡くなった父方の祖母と、その現在位置に違いがあるのかないのか。

あと何百年も経てば、わたしも彼ら同様、ご先祖様というひとくくりの存在になってしまう。母の実家で見た、鴨居に立てかけられた白黒写真の老人と同じように。その人なりの物語やつながりがあったことなど、誰にも顧みられることもなく。

人は二度死ぬという。一回目は肉体の死で、二回目はその人のことを覚えている人がいなくなった時。揚げ足を取るわけではないが、それだったら、若い人との交流が多かった人が一番長生きということになる。わたしのように、人との付き合いが苦手でひきこもりがちな人は短命だ。

ひとり住まいのわたしの部屋（家ではなく、部屋）には、母方の祖母の作った人形がふたつ、本棚の上で肩を寄せ合っている。話し相手のない独り居の慰めに、不自由な目と手で作り続けた作品だ。何年も経ってから、これらが遠く離れた神奈川県の孫娘の部屋に飾られると知っていたら、彼女は張り合いを持って作ることができただろう。慰みなどという消極的な意味合いではなく、生きがいになったかもしれない。しかしそれはあとからそう思うのであって、実際には不可能だった。せめてほこりを払ったり微笑みかけたりして、祖母の形見という位置づけとしての存在感を与えられるだけだ。

母の郷里の裏山には、小さな石、大きな石がぴょこぴょこと無造作に置かれた墓地があり、畑に面した小道には、墓石がひとかたまりに並んでいる。死者と近所付き合いができそうなほど距離が近い。朝に夕にその前を通って話しかけたり、墓石の掃除をしたりするたびごとに感情が動き、折り合いがつくこともあるだろうか。

## 何かあったら

こちらからのメール文をさんざん引用して、語尾に「~なんですね」をくっつけて返信してくるかたがいる。オウム返しである。会って話している時はそんなことはないのに、こちらの文章で字数を稼ぐな、と言いたくなる。横着しているように思えるのだ。メールは顔が見えない。あなたの話をしかと受け止めました、という思いを表すために、敢えてそうしてくれているのだろうか。大した時間がかかるわけではないが、自分の書いた文章をもう一度読むはめになり、行数の多い割には、話が前に進んでいかずにもどかしい思いがする。

我が予防課の課長席には、代々、精神保健福祉士の肩書をお持ちのかたが座ることになっている。このような相談業務に携わる人は、相手のペースに巻き込まれまいと、距離をおこうとするのが習慣になっているのか、ものの言いかたが突き放して聞こえることがある。断定的な言いかたを避けて、遠回しな表現をするのが癖になっているのだろうか。相手の依存心を増長させるのを防ぐ姿勢が身についているのかもしれない。

時としてそれが、とても無責任に聞こえることがある。ひとごとのように思っているのではないかと感じられ、腹が立つことがある。部下はクライアントではない。

〇〇でよろしいですか？　と指示を仰ぐと、〇〇じゃないんですか？　と逆に質問形で返される。意見と指示を求めているのに、こちらのセリフを半分引用して繰り返しただけである。なにやらおちょくられているようにも感じられる。一種の職業病か。「こういうのとかあ、ああいうのとかあ……」と案を羅列するだけでちっとも指示にいたらないのは、こちらに考えさせる機会を与えるためなのか、それともただ単に、指導力の問題なのか。

こちらのむっとした気持ちが伝わるのか、関係性がぎくしゃくしてしまう。仕事をやらない上司なんぞ、就職した時から珍しくなかった。むしろそれがあたりまえであった。それでも当たり障りなくやってこられたのに、なぜ今頃になって険悪になってしまうのだろう。

同じ資格をお持ちの職員は彼以外、同じ職場にはいない。いさめてくれる人もいなければ、見本になる機会もない。一匹オオカミだ。となると、精神保健関係の業務に関しては、やるもやらないも、誰に丸投げするのかも彼の一存である。

どんな仕事にも事務的な作業は伴う。課長は福祉職なので事務的なことは事務職にやってもらいたい。その期待にこちらが応えないものだから、あちらはあちらで腹を立てているのかもしれない。自分の事務処理能力の不足を棚に上げて。なにしろ保健所は、彼のほかに医師、看護師、保健師と、国家資格所有者の大国であり、事務職は彼らの小間使いに過ぎないのだ。

わたしが予防課に異動した時に最初に出会った課長は、物静かなたちで声を荒らげたりはしないが、メンツをつぶされでもすると浅黒い顔がみるみる真っ赤になった。茶渋がみっちりこびりついたひなびた柄の湯呑みを机に置きっ放しにして、三時になると、いただきもののせんべいを、音を立てて食んでいた。背後から、「明るい農村」のテーマ曲が流れてきそうである。お年の割にはひょろっと背が伸びて、蚊トンボのような趣があった。

わたしが異動してきたその年のことである。

「感染症及麻疹・風疹等予防対策協議会の設置及び運営等に係る要領要綱制定についての第三次○○地区医療対策会議」などという悪文の見本のようなお名前の会議について、くだんの課長に質問した。わたしの分担になっていたのだ。前任者からの引き継ぎといったら、ずさんなものだった。矢継ぎ早に説明した挙げ句、「なんとか全部引き継いだわ！」と叫んでひとり満足して帰っていったので、質問のしようもなかったのである。そもそも着任早々、右も左もわからない状況で、疑問点を探す余裕などない。質問は、何がわからないかがわかってから初めてできるのだ。

ともかく、第三次というからには第二次というのが昨年度行われたに違いない。そこで、課長に尋ねたのだ。

「二次の資料はどこですか」とわたし。すると課長曰く、「二次の資料がどこかというのですね」と物腰も柔らかくやはりオウム返し。「手続きはどこから始めたらよろしいですか」と促せば、「手続きはどこから始めたらいいかとおっしゃるのですね」と、丁寧ながら保身の姿勢は崩さない。業を煮やして、「それで？」と問うと、「それで？」と返ってくる。「で？」「で？」、「で？」「で？」

と場は餅つき状態となって、これではちっとも話が前に進まない。

　彼にとっても専門外の分野である。できれば責任を持ちたくない。関わりたくない。前任者からちゃんと引き継いだんでしょ？　だったらもうあんたの分担なんだよ、あとはよきに計らってくれ、という姿勢がありありと伝わってきた。役所にとって、引継書と事務分担というのは絶対なのである。なにしろ彼にとっては、精神保健業務こそが最優先課題。ほかにやってくれる人はいない。ここで業績を上げてお褒めに与（あずか）るのも、自分ひとりにかかっている。感染症なんちゃらなんて訳のわからない会議にかかずらっている場合ではないのだ。

　らちがあかないので、「前任者の残した資料に当たってみます」と結論づけると、ホッとしたように、「何かあったら相談してください」と、明らかにお愛想の言葉が返ってきた。しかし何かってなんですか？　その何かがなんなのかがわからないから質問したのに。何もなければ相談にも乗ってもらえないということか。一見、親身に感じられるこのフレーズの持つ、突き放したような冷たさに気がついた。孤独に放り出されたような気がした。

「何かあったら言ってね」の類は、親切そうなお面をかぶったセリフだが、実は「何もなかったら言うな」と言っているのと同じで、相談するハードルはぐっと上がる。とりあえずそう声をかけておけば、けん制にもなり、同時に、罪悪感も少なくなるというものだ。

　それからという日々はただ、追い詰められるようだった。朝のミーティングでは、毎日のように例の会議について課長から進捗状況を問われる。顔を合わせるたびにせっつかれる。前任者に教えを請おうと職場に電話をすると、休職中だという。何かあったら相談してね、とこれもまた係長さんが柔和なお顔にさらに心配そうな表情を張りつけて同じセリフを言う。

わざわざ相談するためには、それに値するような基準にまで、ある程度の方向性を決めておかないといけないのだろう。相手もそのレベルを望んでいるとわかっていたので、ますます何も聞くことができなかった。


結局くだんの会議は(時期が迫っているということもあり)、男性保健師が段取りをつけてくれた。担当はあくまでもわたしということで。医師会もからんだ、何がなんでも、どうしてもやらねばならない、しかし誰もやりたくはない大事な会議らしかった。夜の開催だったが、よほどわたしとは相性が悪かったのか、出席はしたが途中で胸が悪くなってきて、夜の、誰もいない廊下に転がり出ると、コマのように体がくるくると回り始めた。

翌年、わたしはその会議の担当からはずしてもらえ、くだんの男性保健師は主査に出世し、早々に異動した。そして、それまでのメンバーがわたしを残してすべて異動するや否や、「あの会議はわたしたちの仕事ではないわよ」という強気の新任係長さんの鶴のひと声で、あっさり総務課の分担に移された。

# ポイントカード

レジで会計をしようとすると、必ずといっていいほど聞かれることがある。

「当店のアプリまたは、ポイントカードはよろしかったでしょうか？」（よろしかったでしょうか、といった類の言いかたは今でも抵抗を覚えるが、耳に馴染み過ぎたのか、自分でも同じセリフを口走っていることがある）。

アプリについては、はなから相手にしていない。というか、難易度が高過ぎて、向こうから相手にされていないと感じている。切り捨てられないのはポイントカードの類である。聞かれてから慌てて、診察券、キャッシュカードなどでパンパンに膨れ上がった財布のカード入れをごそごそと探すのだが、その店のカードに限ってなかなか見つからないことが多い。

最初から出しておけばいいのだが、店の中でかばんに手を突っ込むのも、怪しげである。コンビニは、通りすがりにふと思いついて立ち寄ることが多いので、あらかじめ用意しておくというところまで頭が回らないのだ。

ことに、黄色を基調としたTポイントカードと某ドラッグストアのカードは、パッと見、酷似。Tポイントと思って引っ張り出すと、ドラッグストアのものであり、某ドラッグストアでは、どういうわけかTポイントカードが先に見つかる。後ろに客が並んでいる時は、もたついていると舌打ちなどされそうなので、「すみません、いいです」ときっぱり言って引き下がるのだが、もらい損なった微々たるポイントに思いを残して店をあとにすることとなる。

逆に、偶然にも、目的のカードが財布の前面に顔を出していたりすると、ほっとした様子などおくびにも出さず、カルトンの上にスッと出して澄ましている。

母は銀行のATMで、柄の似た医療機関の診察券を突っ込もうと奮闘したというから、同じように忌々しい思いをしている人は、案外、多いのではないか。全国一律の共通カードにしてもらえれば便利なのにと思うが、そんなことをしたら店舗間の競争という意味では全く無用の長物となる。

レジであたふたとカードを出したり入れたりしているうちに、お金を払うのを忘れてしまうこともある。店員さんがいつまでもこちらを見つめたまま立っており、払ったつもりのわたしも釣りを待っているといったおかしな状況になる。

あっちこっちで作るものだからカードの数だけが増えていき、気苦労が多い割には利用する額といえば、一円、二円の端数充当がほとんどで、お得感を感じることができない。

さて、ポイントを集めるのは、こうした場合に限ったことではない。

令和二年四月、保健所に異動して三年目のことだった。管内にも新型コロナウイルス感染症の波がやってきた。ひとり目の感染者発生である。折も折、感染症対策の本拠、予防課の職員がわたしひとりを残して全員異動してしまった直後のことである。

辞令交付を終えた保健師がスーツ姿の上に防護服をまとい、駐車場に駆け出していく。症状が軽いので、感染者が御自分で車を運転してこられたのである。管内初の患者さんということで、職員の皆さん、窓から鈴なりになって物見遊山に駐車場を見下ろしている。「来た、来た」「フツーに歩いてるじゃん」「車の外に出ちゃいけないって言ってあるのにい」などと、まるで芸能人をお迎えしているかのようである。

新しく異動してきたメンバーは、新型コロナウイルスの業務経験者だったので、わたしの分担に大きな変化はなく、それどころか、コロナに集中するためにそれ以外の業務が中止になったり延期になったりしたので、むしろ楽になった。毎年夏場に行っていた蚊のモニタリング調査も、蚊なんぞに構っている場合ではないのか中止になり、そのほかの研修なども、ことごとくなくなった。いかに、あってもなくてもいいような事業が多いかがよくわかった。

相談員として派遣職員が加わり人数も増えたので、いわゆる〝密〟にはなったが、ひとりへの風当たりが減ったように感じられた。大勢の中に取り紛れているというのは、緊張感が薄れ、息も吸いやすい。いずれ収束するのではないかという根拠のない期待もあった。

免疫疾患を理由に、検体搬送の当番からははずしてもらった。テレワークをしにくい環境ではあったが、推奨され始めた働きかたなので試してもみた。しかしわたしは、窓口業務や個人情報を扱うことの多い立場である。テレワーク向きにできている仕事などなにひとつ受け持っていないため、家にいてもすることがなく、実に落ち着かなかった。そういうところから、職場でのわたしの立場はじわじわと辛いものになっていくのだが、楽をすることへ軸足を置こうとすると、周りとぎくしゃくするのはいつものことだ。

かかってくるコロナ相談の電話は件数こそ多くなっていったが、来年の豆まきは行われるのか、消毒用のアルコールは〝飲むタイプ〟でもいいのか、外出自粛っていうけど、庭に水をまきに出るのはいいのかなど、どこかのどかな雰囲気が漂っていた。コロナ発祥の地とされたお隣の国の人への偏見は強く、「釣り堀で彼らが唾を吐いていたが、その唾を喰った魚を釣ったオレに感染のリスクはあるのか」というものから、「アベやコイケに助言したのは実はオレだ」のような妄想がかった自慢話まで、さまざまな電話がかかってきて、そういう話をネタに、あきれたり笑ったりしているうちに、同僚との垣根が取っ払われた。

新種のウイルスについての知識や予防法がまだ知れ渡っていなかったので、質問内容も的を絞りようがなかったのだ。肺炎からの連想か、胸ではなく、「肺が痛い」という相談もあって、これなどは心理的な影響だろう。

たまたま隣の席に派遣されていた看護師さんとは気が合って、相談の電話が途絶えた合間に雑談なんかして、役所に勤めて三十年、外部の人間とはいえ隣人とこんなにしゃべったのは初めてだった（飛沫が飛ぶのでなるべく話すな、という風潮の中、皮肉ではある）。三密だの、ソーシャルディスタンスだの、目新しい単語に惑わされつつも、これさえ守ればそのうち収まるという希望は失っていなかった。

しかし感染者が増えることが明らかなのに、GO TOキャンペーンなどと勇み足の政策に舵を切ったところから、様相が変わってきた。アベノマスクなどといってちゃかしているうちはよかったが、何を信用していいのかわからなくなってきた。

日本国内の状況だけではない。テレビを見れば、教会や講堂にぎっしり並ぶ棺の映像が毎日のように流れている。棺を見ながら食べるひとりご飯は、不消化気味である。くしゃみをしたらどれだけ唾が飛ぶかの飛沫実験の映像も、食欲を減退させた。

年明けには東京の感染者が千人を超えた。年内に収まるかと思っていた新型コロナは、ちっともその兆しはなく、何度も感染拡大の波を繰り返し、そのたびに緊急事態宣言が出される。すでに政治家を信用していないから、宣言のたびに、営業自粛を強いられる店からは苦情も来れば、路上で飲酒する若者も増える。最初の緊急事態宣言の時は、期待を持って言うことをきいたが、もはやコントロール不能状態になった。ウィズコロナなどと言っている場合ではなく、共存に慣れ過ぎてしまい、抑えがきかなくなってきたのである。

行動の制限に伴う疲弊感は蓄積してきていた。

いつどこでクラスターが発生するかわからない緊迫感はいつもつきまとっていた。狭い土地柄、管内の感染者はよそに比べれば多くはないが、最初はひとりでも、そこからクラスターに発展する可能性はある。濃厚接触者の検査結果に一喜一憂した。朝、出勤すると、どこかの高齢者施設で集団発生があり、検査の準備ですでにひと騒動起きていることもしばしばで、急な対応と予定の変更を迫られた。

ワクチンという救世主は現れたが、副反応への危惧、変異株への有効性について、いまひとつわからないことも多い。完成までに何年もかかると言っていたのが、一年足らずでできたからといって手放しで喜べない。なにかしら重大な過程をすっ飛ばしているんじゃないかとつい、不信感を抱いてしまう。ネット上にはその手の忠告がまことしやかにてんこ盛りである。自分以外の誰かに接種してもらって様子を見たいというのが、おおかたの本音だろう。打つリスクよりも、打たないリスクの方が大きいと宣伝しているが、いったい誰にとってのリスクなのかわからない。

そんな状況なのに国はオリンピックにこだわっている。まるで国民のために開催するかのように言っているが、命よりも経済が優先されることを皆が知ってしまった。オリンピックの賛否だけでなく、感染症対策やマスクの生地、ワクチンを接種するかしないかなど人それぞれに、大きな温度差があった。もう自分の判断に頼るしかないところまできていた。安全安心などとばかのひとつ覚えのようなセリフを聞くたびに、腹立たしさを覚えるばかり。そんなものは存在しないのだ。

朝、職場のパソコンを開くと、本庁経由で国からの通知が続々と届いており、仕事のやりかたや書式がしょっちゅう変更された。役所にありがちな、いわゆる〝調査もの〟は、いつも回答期限が迫っており、その対応に時間を割かれる。医師会に粗相がないように、〝念のため〟といって揃えておく書類や、しょっちゅう改訂される療養者向けのしおりを複写する作業のために、コピー機を朝っぱらから予防課で独占してしまい、ほかの部署に迷惑がられた。コピー機がパソコンのプリンターを兼ねているというのは、こんな時、非常に不便なのである。

課長はというと、マスクから出たお顔をほてらせながら走り回り、席に座ると、思い出したかのように、部下に対する指導力を示そうと声を張り上げる。声が大きいと、とりあえず仕事をしているように見えるものだ。喉を潤そうとはずしたマスクの下からは、アンパンマンがアンパンチされたような愛嬌のある顔が現れる。精神保健担当の彼は、感染症については門外漢である。なんとかメンツを保とうと声を荒らげれば荒らげるほど、かえって矛盾があからさまになって空回りする。行き当たりばったりの指示が上滑りする。

「何かあったら大変だ」という彼の小心さが、わたしの気の弱さを刺激して、威圧感をもって迫ってくる。すべてその日のうちに片づけたいと焦燥感に駆られるわたしの性分につけ込まれているようにも感じられる。ふたことめには、「そんな奴はクビだ、クビだ」と電話越しに喚き散らす彼は、自分がクビになるのをビクビクと恐れていたのだろう。面と向かっては言えないことも、「全く話にならない」とメール相手にため息をついては、自分の優位性を示そうと試みる。休日のコロナ当番をほかの部署にもお願いしている。上司の意向伺いだけでなく、そちらへの気配りや調整にも気が抜けず、頭の痛いところだっただろう。

特定個人情報管理簿とやらを作る、作らないでもめたことがある。わたしが作る必要がないと言うと、課長は「要領」をたてに作るべきだと主張する。さらに、それぐらいのこと、事務職のあなたの方が当然、よくわかっているはずだ、と余計なひとことを添えるのも忘れない。一歩も譲る気配もなく、むしろイライラとその声を荒らげるばかりである。マスクからはみ出した上半分の顔から湯気が立ち上る。スイカの種のような目をことさら吊り上げてにらむ。わたしが「それではアドバイスをください」と言うと、「だからアドバイスしてるじゃないですかあ!!」とさらに声が高まる。「あの……」とさらに食い下がると、「うぎゃああ！！！」と言葉にならない音声で丸ごと拒否の姿勢。彼自身も本当はわからないのだ。わからないことをしつこく聞かれたので、追い払いたかったのだろう。こんな時、外野は見て見ぬふりだ。耳をそばだてている気配だけがあたりを覆う。

もはや作らないでは済まされなくなってきた。できあがるまで毎日急かされるだろう。わたしは、相手に憤りを感じれば感じるほどそれが恐怖心として自分に跳ね返り、夜も眠れないほど追い詰められるたちだ。そこから逃れるには、四の五の言ってないで、言われた通りに仕上げるしかなかった。翌日から二日間、朝六時頃にこっそり出勤して猛スピードで仕上げ、さも一時間かそこらで終わったみたいに平然とした顔で提出した。わたしの方も無駄に勝気なのである。課長も、自分の指導力のたまものと思ったらしく、その日一日上機嫌。実に単純でわかりやすい男なのである。

一方、仕事のやりかたについて何かにつけ逆らっていた男性職員B氏のことを、課長は完全に黙殺していた。ちょっと声をかければ済むような距離にいるのに、わざわざメールを送って要件を伝えていた。どう考えても、B氏の方が事務に関しては効率的で、主張する理屈も正論だ。太刀打ちできない代わりに、くだんの課長、B氏のアラばかりを探し、いちいち副所長に告げ口し、本庁に御注進しようとしていた。そんなことをすれば、自身の管理能力のなさが暴露されるだけなのに、こうなったら意地のようでもあった。そしてわたしに言うのだ。「あなたも身の安全を考えた方がいいですよ」と、スイカ目でにらみながら、押し殺した声と思わせぶりな様子で。怒鳴ったり蹴とばしたりすることだけが、パワハラではないのだった。

隣席のベテラン保健師は、感染症対策の統括として周りをまとめる立場だ。コロナ対策に落ち度があっては、自分の責任になってしまう。上司からの要求がすべてに優先されるとばかりに、上からお呼びがあると、やりかけの仕事も放り出してなかなか戻ってこない。上司の状況を示す言葉の語尾にいちいち「○○であられる」とつけるので、彼女には、一介の小役人が国王かはたまた天皇のように見えているのかもしれない。常々不思議に思うのだが、そういう輩に限って、部下に対しては理不尽とさえ思えるほど辛辣で意地が悪い。日頃の御機嫌取りのうっぷんが、自分よりも立場の弱い者に向かうのであろうか。課長がアンパンなら、彼女は通称〝憎マン〟と恐れられていた。

緊張をはらんだ状況の中、柔軟で機動力のある対応がいつも求められていた。

修羅場のようなところに立ち向かうのは、電話応対でも窓口でも、下っ端のお役目である。管理職というもの、細かい事務のことは、ハンコは押してもなにひとつ知らないので、うかうか出ていったりしたら恥をかくだけである。巻き込まれでもしたら、管理職のあいつが言った、言わないで、さらに厄介なことになる。こちらも彼らとは毎日顔を合わせるのだから、「逃げるなア！」などとは口が裂けても言えず、その言葉を飲み込んだまま、粛々と対処するしかない。もしもそんなことを口走ったりしたら、あとでもっともらしい理屈をこねて決裁をなかなかおろさない、必要のない作業をさせる、などという巧妙な仕返しに遭うだけだ。

情報交換という名の雑談を重視する保健師と、なるべく無駄を省いてチャッチャと済ませようとする事務職員。もともとある価値観の違いも大きく表立った。

五時十五分になると、しがみつく輩を振り払うように帰ってしまうわたしに対しての風当たりは当然のごとく強く、厳しいものになっていった。昼のチャイムとともに、飛沫感染防止のために開放されている会議室に逃げ込んで、ひとりもそもそと仕出し弁当を食べている時だけが、ひと息つける時間だった。

いっとき取り払われた同僚との垣根はぐんと高まった。「体壊さないように、無理しないで」という職員への呼びかけを真に受けるとこうなるのである。

わたしの直接の担当は、指定難病医療費助成の申請受付や精神科病院から送られてくる入退院届のチェックなどだった。事務処理が早いと思われていたので、コロナ様が主役の今、ほかの業務は手早く片づけて、不測の事態にいつでも対応できるように期待されていた。しかし生身の人間のこと、時間が余っているからといって、気力や集中力まで余っているわけではない。「あなたは次席だから」と、手に負えなくなった仕事をこちらに丸投げしてくる課長が腹立たしく、できればそのまま投げ返したかった。

役所と民間企業との違いはこんなところにある。民間は仕事の多い者勝ちのようなところがあるが、役所の場合は逆だ。できるだけ自分の分担を減らすことに心を砕く。有給休暇については、退職までに根こそぎ取りきらんとばかりに、毎週月曜日に不在になる先輩諸氏がざらにいた。それが暗黙の了解でもあった。代休ひとつとっても、取り損なうとそれは「損」なのだった。

わたしは、担当している仕事についての問い合わせや来客に対しては、そつがなく対応していたが、コロナに関しては記者発表の資料を作るのが精一杯。あとは、ばっさり切り捨てて自分を守った。担当の仕事以外、何も知らない、関わりたくないという縦割りのお役所にあって、鑑（かがみ）のような態度といえなくもない。

副所長あたりに相談しようにも残業は免除してもらっており、これ以上何をどう配慮する必要があるのかということになるのはわかりきっていた。副所長といえども、事務職は専門職に頭が上がらないのだ。

決定的だったのは翌年四月の人事異動であった。

新型コロナウイルス対策に集中するために、異動を最小限に抑えるという話は聞いていたが、この環境に不適応気味のわたしは、どう見ても異動だろうと誰もが期待していた。自分でもそう思っていた。しかし、実際に異動したのは、別の部署の若者と五年目の職員だけで、三年目のわたしにはお呼びがかからなかった。周囲には、あからさまながっかり感が漂い、不機嫌な静けさが予防課全体を覆いつくし、交わされるもの言いに時々、棘が含まれるようになった。居心地はさらに悪くなった。

「人（職員）が少ない」というセリフを聞くと、自分はその〝人〟のうちにカウントされていないように思えた。職員数が少ないのは人事課の責任だが、本庁に文句を言えないものだから、差し当たりものの言いやすい肩書の下の者に八つ当たりをしているのに過ぎない。そもそも、諸悪の根源はコロナである。彼らはそのへんにうろうろしているようなのだが、いったいどこにいるのやら。そこで、目の前にいて言葉の通じそうな職員に怒りの矛先が向かうのである。その場にいない誰かの代わりに、そこにいる面々が怒りの矢面になることはよくある話だ。

副所長が、「異動させてあげられなくて申し訳ない」などと、わざわざ別室に呼んでわびてくれたが、こんな時どう答えればいいのだろう。最終的な人事権は副所長にはないのだから、彼の責任ではない。お気遣いありがとうございます、と言って部屋を出るしかなかった。お礼を言わされるために呼び出されたようなものだった。謝ることで、彼はすっきりとした気分で定年退職できたことだろう。

追い詰められるような雰囲気の中、段々、夜は眠れなくなった。薬でなんとか寝ついても、真夜中に目が覚めたまま悶々としているうちに、さっき終電が通過したと思った部屋の前には始発電車が走り始める。朝から頭が重く、食べ物を口にしようとすると吐き気がした。会議室でもそもそ食べる弁当は、まさに砂をかむようだった。砂をかむ、とはこういうことなのだと初めて知った。

こうしたひとつひとつの症状やエピソードが辛いのは確かだったが、一方では、しばらくの間休みを取るのを正当化できるようなポイントが着々と集まっていくような気がした。ポイントが貯まって一枚のカードが埋まると、診断書と交換できるというような。それはささやかで切実な願いでもあった。

四月二十三日がかかりつけ医の診察だった。この日に診断書を書いてもらい、その日から七月初め頃まで……。わたしの中に青写真ができた。

コロナ禍でいつ誰が急に、自宅待機になるかわからない。そのための引継書を作っておくようにと前年あたりから言われていたので、それにかこつけて、せっせと作り始めた。残された職員が困らないためにというよりも、休暇中に、これはどうするの、あれはどこにあるの、などと電話がかかってくるのは避けたかったし、電話では説明できないこともある。

具体的な仕事の手順だけでなく、資料を保存してあるキャビネットの番号や、データ保存の場所などをこと細かく書いて引継書のフォルダに保存し、念のためプリントアウトして机の引き出しにも入れ、電話対応できるようにと家にも持ち帰った。

机回りはきれいに掃除し、机の中も、開けられても恥ずかしくないように整理整頓。不要なものは廃棄し、サンダルや置き傘などの私物は持ち帰った。異動しなかった腹いせではないが、まるで異動か退職でもするかのようだった。休暇の延長も考えて、年報の資料も作成しておいた。

しかし二十三日が視野にはいってくるのにつれ、さらに具合が悪くなってきた。皮肉なことに、休もうとするから具合が悪くなっているのではないかと思った。しかし躊躇はなかった。職場での状況はどう考えても限界だった。集めたポイントは、すでに一枚のポイントカードを超えていた。

主治医を前にして、「休暇を取らせてください」とお願いした時は自然と涙が出た。決してウソ泣きなどではないのに、なんとなく作為的なものを感じた。それ以外の選択肢はなかったのに、先生をある一定の方向に、強引に誘導しているような疚《やま》しさがあった。

休暇制度が充実しているおかげで、役所ではメンタル休暇が流行っている。流行っているという言いかたには語弊があるし、こぎつけるという言いかたもさらに微妙だが、皆さん、どういう経緯で療養休暇や休職という結論に導いているのか。〝正式な〟手順と程度がわたしにはわからない。

休職の前日にお菓子を配りながら挨拶回りをした職員は、そんな悠長な段取りが踏めるのになぜ仕事はできないのかと不審がられ、小会議室に押し込められた挙げ句、直属の課長、副所長、管理課長の三人が雁首揃えて向かいの席にぞろりと座る中、尋問を受けたそうだ。役所というところ、理路整然と説明できないことについてはわからず屋だ。副所長が言ったそうだ。「例えば足の骨を折っているとかだったら、わかるんだけど」。足の骨を折れとでも？？　そんなに手続きが大変なら、いっそのこと出勤しようかと思ったそうだ。

「夜眠れなくて」あたりからはいって、「頭も重くて……」と言えば、「じゃあ少しの間休んでみましょうか」となるのか。その時、患者側には、そういう結果を導くような操作性が意識的にせよ無意識的にせよあるのかないのか。診察室にはいる前から意図しているのか。

ただ出勤するのが辛い、職場にいるのが辛いという理由だけでは病名がつかないので、症状をあれこれと述べ立てなくてはならない。ひとつひとつはウソではないのだが、すべてでもない。周りの雰囲気、いたたまれなさ、威圧感……、言葉ではなかなか説明できない要素、エピソードの数々こそが職場に足を踏み出せない理由だ。憂鬱感情や不眠だのは、原因というよりも結果だ。休みを取るのに理解を得やすい便宜上の症状に過ぎない。

長く精神科の診察に関わっている医師にとって、そんなことはすべてお見通しだっただろう。わたしとの付き合いも長い。すべて承知の上で彼は診断書を書いてくれた。長年の関係性を利用して、信頼関係にひびを入れてしまったような気がした。しかしそうした心配を差し置いても、わたしには一枚の診断書が必要だった。

診断書を受け取ると副所長に電話をして、翌日、簡易書留で送った。同封のメモには、ほぼ完璧に作った引継書と書類のありかを書いた。書類に不備がなかったせいか、それとも、ひとことも話したくないのか、課長からは何も言ってこない。精神保健担当の自分の部署からメンタル面の不調な職員を出してしまって不名誉に思っただろうか。それから復帰するまでの二か月余りのやり取りはすべて副所長経由であった。

当分の間、何時に起きようと構わないのだから、スマホのアラーム機能を停止させた時は、ホッとした。そのうち、今日が何曜日かわからなくなった。そして、毎日行く場所があり、なにがしかの義務を果たして帰ってくるという習慣は大事だと気づいた。

実は療養休暇を取るのは二度目であった。その三年前にもひと月半ほど取得したことがあった。休暇中、毎日穏やかな気分で過ごせるかというと決してそうではない。働きもせずに給料なんぞもらいやがって、全くいい身分だと、陰口のひとつでもたたかれただろうが（確かにそういう面もあるが）、見捨てられ不安と罪悪感が交互にやってきた前回の休暇中と違って、今回は、ただただ心細かった。なんといったらいいのか、職場という大きな、しかも目に見えない組織相手にひとりで戦っている感じだった。

職場からスマホに着信があると身構える。事務連絡ひとつに対応するだけでどぎまぎとする。怒っているわけではないのだろうが、相手のもの言いに苛立ちを含んだものを感じるとそれだけで恐縮し、電話のあとに気持ちを落ち着かせる薬を飲んでしまう。

職場では周りに人がいるせいか、それとも組織に守られていると思うせいか、心細いという感情を抱いたことはなかった。抱く余裕もなかった。怒りの感情と心細さは同居しないらしい。

休暇中の最後の診察の時、復帰に向けて、制限勤務のための診断書を書いてもらった。朝九時半から夕方四時十五分までの短時間勤務である。

職場にあらかじめ、その可能性について話した。「先生はどうおっしゃってるの？」と副所長に聞かれた時は困った。どうおっしゃってるも何も、まだ何も相談しておらず、きっと先生は、わたしがこのような働きかたが限界だと言えばそれを支持してくださるだろうと、そう信じていた。だから、制限勤務の可能性について副所長に話したのだ。

自分に都合のいいことを言ってしまったのではないか、先生の好意につけ込もうとしているのではないかという気持ちは、休暇の診断書を書いてもらった時と同じようにあった。しかし制限勤務は、休職でもフルタイムでもなく、当時のわたしにとって最も妥当な働きかたのように思えた。そのために、今回はあれこれ理由やら言い訳やらを考える必要もなかった。

コロナ対応のための休日勤務は、免除された。代わりに課長が出勤してくれた。そのことに罪悪感もあったが、一方では、いい気味だとも思っていた。


コロナ禍が原因の療養休暇のように見えるが、果たしてそれだけだろうか。もちろん、コロナに起因する人間関係は大きかった。

保健所以外の職場に異動してコロナと縁が切れていたとしても、フルタイム勤務は厳しかったかもしれない。少し前まで定年退職は五十八歳だった。すべての人の働ける能力や体力が六十歳にまで伸びたわけではない。「百歳になっても輝ける社会を」などというと聞こえがいいが、実は年金受給の年齢をさらに繰り下げたいがための前奏に過ぎない。六十五歳定年制の経過措置として、一年ずつの定年延長がすでに始まっている。パソコンでこなす業務が増えるたびに、老兵は去れ、と言われているような気がした。ＩＴ分野というのは経験が全く積み重ならないのだ。

まだひとつもポイントの貯まっていない新しいカードを発行されて、わたしは職場に復帰した。朝一時間遅れで。電車に乗り込むと、まるで昨日もおとといも、ずっと変わらずに通勤していたかのように錯覚した。「このたびは御迷惑をおかけして大変申し訳ありませんでした」。ほかのセリフはいいから、これだけはしっかり言えるようにと車内で何度も反復練習した。復帰初日ほど出勤しづらいと思った日はかつてない。バスを降りて庁舎を見上げた時は、今この瞬間、爆弾が落ちて吹き飛んでしまえばいいのに、と勝手なことを思った。テストを前に校舎に火をつける生徒のような気分だった。大きめのマスクが、四方八方から刺さってくるであろう視線の矢からかろうじて守ってくれるように思えた。

自分が気にしているほど他人は気にしないというが、それは例えば前髪を切り過ぎた時なんかにはそうだろうが、今回は事情がかなり異なる。利害関係のない職員にとっては、「あれ、来たんだ」と、代わり映えのない日常にちょっとした景色の変化が、といった程度の好奇心しかないだろう。人は自分に火の粉が降りかかってこない限り、寛大で無関心だが、同じ部署の人間にしてみれば、さんざん迷惑をかけられたのである。それなりに厳しい一矢となる。一本一本の視線の矢も集まれば、極太になる。ありえない話だが、〝復帰後二日目〟から出勤したいと思うほどであった。

しかし不思議なことに、ペコペコ頭を下げたあと、自分の事務机に向かい二、三時間ほど経つと、朝、電車に乗っている時に感じたのと同じように、ずっと休まずにこの席に座っていたかのような気分になった。期限の切れたパスワードを復活させたり、代わりにやっておいてくれた事務の引き継ぎなどを受けたりしているうちに、ごく自然にその場に馴染んでいった。

四時十五分ぴったりに席を立つ。「お先に失礼します」とは、復帰早々さすがに言いづらかったが、そもそも、フルタイム勤務の時から定時になると〝お先に〟失礼していたのだ。こんな時、わたしは自分が小心者なのか、実は図太いのかわからなくなる。

同じ課の職員五人のうち四人が異動してしまい、ひとり残されたのにもかかわらず、淡々と出勤しているのを見た副所長が放ったひとことが思い出される。

「森山さんは、メンタル強いんじゃないの」。不眠だのなんだのと言って不調を訴えているわたしへの、それは嫌みのように聞こえたが、考えてみれば、おっしゃる通りのようでもある。

## ワクチンをめぐるあれこれ

令和二年十二月。インフルエンザの予防接種を受けた。

それまで一度もかかったことがなく、薬もあるしだいじょうぶだろうと例年、気楽に構えていた。が、今回ばかりは様子が違う。「コロナと両方かかった場合は重症化しやすい」という噂に煽られたのである。いっぺんに罹患する可能性が果たしてどれぐらいあるのか、冷静に考えてみる余裕もなく、そもそも考えてみてもわからない。はっきりしない状況なら、万が一の可能性の方に軍配が上がる。

予約時間の二十分前に着くと、クリニックの前には長蛇の列ができていた。確か秋頃には、十分なワクチン量は確保しているから急がなくてもだいじょうぶだと、お偉いかたがテレビで言っていた。それなのに、いざふたを開けてみると、我も我もと希望者が殺到し、結局ワクチンは不足。接種できるのはそこの医療機関をかかりつけとしている患者だけに絞られたという話はあちらこちらで聞く。

「足りなくなる」という噂に弱いわたしたち。ネット上の口コミであろうと、権威ある専門家のお話であろうと、ワイドショーでの無責任な発言であろうと、ひとたび〝体によい〟と聞くとたちまちその商品の棚は空っぽ。それを実際に目撃した人が噂にさらなる火をつけ、しばらくの間、入手困難な貴重品になり続ける。偶然立ち寄ったコンビニで、五枚入りのマスクを見かけた時のうれしさ。レジに向かうまでに横合いからぬうっと手が伸びてかすめ取られるのではないかと緊張した記憶は新しい。

新型コロナのワクチンからも目をそらせない。海外での接種も始まった。

本当に治験は十分にやったのかしら。データはホンモノ？　オリンピックに間に合わせるために肝心なところを省略してない？　と疑いは晴れない。できれば他人の接種の様子を見てから考えたいというのが本音である。何十万人にひとりという重い副反応も、自分がそのうちのひとりにならないと誰が保証できるだろうか。ネットに流れるまことしやかな副反応情報や経験談を検索して、つい熟読してしまう。

しかし、軽めの副反応の情報が繰り返し報道され始めると、安全なのではないかという気になってくる。変異株にいたっては、ワクチンの有効性に影響を与えるという証拠はない、などという実に遠回しな表現にとどまっているが、ともかく打たないよりも打つ方がいいらしいという雰囲気が漂っている。風邪に万全な薬はない。そう思って割り切る方がいいのか。重症化したケースや後遺症の話題ばかり報道されると、それらを防ぐだけでもワクチンはありがたいのではないか。春先から始まるといわれた高齢者への接種も、ふたを開ければ在庫不足で、開始時期が大幅に遅れるらしい。足りないと聞くと我先に競って手に入れたくもなる。

母に電話すると、ワクチンの話題になった（共通する話題はもはやコロナしかない）。彼女曰く、「もしもあんたが先に打つことになったら様子を教えて。体質が同じなんだから、あまり具合がよさそうでなかったら、打つのは考えるわ」

〝様子見〟は、身内の間でも起こるのである。

令和三年四月、高齢両親のもとに、ようやく新型コロナワクチンの接種券が届いたらしい。ただし、これを手にしたからといってすぐに接種ができるわけではない。ゴールデンウィーク中の、五月某日午前○時から、電話または予約サイトにつないで自分で予約を取らなくてはいけないのだとか。なんでも同封のチラシには、最近よく見かける〝グジャグジャグジャとした四角いもの〟があって、それを見れば詳しくわかるらしいのだが、「そんなのどうやって見ればいいのかわからない」と言う。ちなみにグジャグジャグジャとした四角いものとは、ＱＲコードのことである。後期高齢を大きく超えた人たちのうち、このコードを使いこなせる人はいったいどれほどいるだろう。

気になって自治体の専用サイトを見ると、大きな文字で「現在は予約を受け付けておりません」。文字が小さい、見えづらいという高齢者からのありがちなクレームを意識してのことだろうが、この大きさ、はっきりさ加減がまた、情け容赦なく門戸をぴしゃりと閉ざす雰囲気を醸し出している。

「電話がつながりにくく、予約が取りづらいかもしれないが慌てずに」とあるが、そう書かれればやはり慌てるだろう。見るなと言われれば見たくなり、慌てるなと言われれば慌てたくなる。

いち早く高齢者向け接種を始めた東京の某市では、予約開始後、電話もサイトもいっこうにつながらず、一時間半で枠が埋まってしまったという。なにやらコンサートチケットの発売日のようである。

役所から何か書類が届くと、よく読まずにとりあえず電話をかけてしまうというのはありがちだ。文字もごちゃごちゃしていて見づらいし、目を通した結果の自分の判断にも自信が持てない。グジャグジャグジャとした四角いものの先にあるらしい貴重な情報を、電話という馴染みの手段で、直接、ナマの人の声で教えてもらいたいのである。とはいえ、特設したコールセンターはたいていつながらない。やっと通じたと思って勢い込んで話し始めると、相手は淡々としたテープの声で、出ばなをくじかれる。ナマ声にたどり着いた頃には苛立ちもマックスで、ついつい声も荒くなってしまう。

昨年の今頃はマスク。今年はワクチン枠をめぐる争奪戦。モノが不足する事態に翻弄されている。

予約初日は、電話や予約サイトは果たしてすんなりとつながるのか。これればかりはタイミングと運頼み。年齢層からすると電話に殺到しそうだから、パソコン予約の助っ人として実家に駆けつけることになるだろうか。多少遅くなっても、かかりつけ医に接種してもらった方がいいのか。この日を大型連休中に設定したのは、休暇中の家族の助けを見込んでのことだろうか。

五月になり、高齢者を対象としたワクチン接種の予約受付が始まったと思ったら、想定外のアクセスが殺到してシステムダウン。一時間もしないうちに受付が中止になった。電話で相手の声を直接聞いて予約したいというのは、パソコンだのオンラインだのに不慣れかつ懐疑的な高齢者の多くの気持ちだろう。その結果としての電話のパンク。そして助っ人としての家族がサイトに殺到した結果としてのサーバーダウン。

ワクチン予約に限らず、似たようなトラブルはこれまで何度も繰り返されてきた。こうなることが想定内だったような気さえしてくる。もしかしたら今度はだいじょうぶなんじゃないか？　などという根拠のない楽観にすがってなんの手立ても講じずに、ふたを開けてみて「ああ、やっぱり」というのは、最近の流行なのかもしれない。

「高齢者、高齢者って呼ばれると、ホント、気分が悪いんじゃ」とは八十代半ばの母の弁である。新型コロナ以降、重症化しやすい人たちとして、また、ワクチンの優先接種の対象として、「高齢者」という単語をテレビでよく耳にするようになった。

彼女はただでさえ年を気にするたちである。

テレビ画面に映る往年の大女優や歌手の首のあたりに衰えが見えたり、高い声が出なくなっていたりすると、「なあんだ、みんな年を取るのは一緒だわ。安心した」とうれしそう（行き着く先は同じでも、途中経過は全く違うと思うのだが……）。彼女たちの頬にシミなど見つけると、「あら、まあ。ちょっと」と大げさに驚いて、テレビ画面にまでにじり寄ってしげしげと眺めている。

大きな事件や事故が起き、被害者の名前や性別、年齢がニュースに流れる。すると母は、「年がばれちゃうじゃないの。嫌だねえ」と深いため息をついた。無名な一市民の年齢が公表されたからといって、なんの差し障りがあるだろう。スクープにもなるまい。彼女にとって、事故に巻き込まれることよりも、年齢が公になることの方が重大事件であるようだった。

かくいうわたしも、五十代になったばかりの頃、アンケート調査の五十代に「○」をつけることに抵抗を覚えた。美容院のカルテを作るのに、つい、五、六歳ばかりさばをよむ。体形だけはさお竹の値段のごとく十年前と変わらないが、それだけが唯一、若さの名残のように思え、体重維持に執着している。映画館でシニア料金ですか？　と聞かれれば、照明の暗さ故、顔がよく見えなかったのよね、と自らを慰め、六十代になり晴れてシニア料金になってからは、証明書は不要だとあっさり言われ、少しは疑って欲しかったと不服である。


さて、その高齢者を対象にしたワクチンの予約が翌週から再開した。

両親は自分で電話するからだいじょうぶだと言うものの落ち着かず、わたしの方でもかけてみた。すると電話の向こうからは予想通り、「おかけになった電話番号は、現在大変込み合っております」が繰り返されるばかり。予約センターだけでなく、コールセンターもつながらない。おそらく、なかなかつながらない予約センターに業を煮やして、コールセンターに問い合わせの（というかお怒りの）電話が殺到しているものと思われる。

夕刻近くになってやっとつながったと思ったら、「本日の予約は終了いたしました」ときてがっくりとくる。こんなことなら、わたしがとっととネット予約を買って出ればよかったと思うのだが、今後、身近な医療機関でも枠を広げるというから、そちらを待てばいいのかもしれない。

果たして接種券が送られた人のワクチンは確保されているのか、それだけが気になったのでやっと通じたコールセンターに聞いてみた。

すると、「はい。厚労省の方でも七月末までに高齢者すべてのかたにワクチンが行き渡ると言っていますから……」と返ってきた。知りたかったのは、厚労省がどう言っているのかではなく（それはニュースを見ればわかる）、実際、住んでいる自治体に十分ワクチンが確保されているかである。

おそらく、こう聞かれたらこのように答えよ、というマニュアルがあるのだろう。臨時に採用されたコールセンターの職員たちも、ワクチンが確保されているかなんて知りはしない。彼女たちは指示に従って忠実に職責を果たしているだけだ。一日中怒鳴られたり嫌みを言われたりしているに違いない。それ以上問い詰めてみても何も得るものはないと思って電話を切った。マニュアルに沿った応対は、かゆいところに手が届かない。電化製品の不具合で、「こんな時は」のページが役に立ったためしがないのと同じだ。

それで思い出した。

保健師とふたり態勢で休日出勤していた時のことである。

陽性者が出ると記者発表をするのだが、午前中までに本人の了解が必要だ。その日の陽性者は未成年者だったので保護者に電話を入れた。しかし、感染したことがわかってただでさえ動転しているところに、記者発表だのなんだのといきなり言われても、小さな町のこと、近所に知れ渡るのではないか、友達にいじめられるのではないかと、不安が募るのは当然である。こちらの対応も、急ぐあまりに事務的で、相手の気持ちへの配慮に欠けていたのかもしれない。発表されるのは納得できないと、御家族は受話器が割れんばかりに御立腹である。

上司に相談すると、「厚労省の通知では、（感染者の）居住地、性別、年代、これは最低限発表するようにとなっている。そう答えるように」とひとこと。役人たるもの、ものを考える拠り所は自分の頭ではなく、通知なのだ。状況からいって、もはやそんな説明で承諾してもらえるとはとうてい思えない。しかし上司命令である。恐る恐る先方に電話をかけ直すと案の定、「厚労省がなんだあ！」と、受話器を突き破って今にもゲンコツが飛び出してきそうな勢いである。

そうだよね、その通りだよね、厚労省がどう言っているのかなんてホント、関係ないよね、と共感二割、ビビり八割。結果的には、どの程度の情報が発表されているのか、何日か前の記事をパソコン画面で見てもらい納得してもらったが、そうだ、あの時、わたしも言っちゃったんだ、厚労省って。その場を丸く収めるために。国の責任にするために。実際は火に油を注ぐだけだったが。

令和三年七月七日、一回目のコロナワクチンの接種をした。もはや、打たぬ選択肢はありえないような流れになってきた。両親はかかりつけのクリニックに声をかけてもらって難なく予約が取れたとか。

保健所職員は医療従事者枠での接種である。職員対象の予約システムは立ち上げたばかりで未完成である。希望の日にちは予約対象外で、担当者に問い合わせても要領を得ない。直接、職場近くの医療機関に電話すると、保健所職員だからというわけでもないだろうがすんなりと話が通じて、希望の日にちに二回分、予約ができた。「いつもお世話になっております」という挨拶が効いたのだろうか。

副反応についてのネット情報は不安を煽るばかりなので、接種数日前から見ないようにしてきた。接種当日。いつものことながら早めに着く。待合室にひとり、ふたりと集まってきた。皆さん、ワクチン接種のようだ。ここのクリニックがかかりつけなのか、お互い顔見知りのようで雑談をしている。こういう時に、知り合いがいるというのは心強いだろう。地域住民ではないのでなんとなく疎外感を抱く。

最初に名前を呼ばれた。

「ただいまからCOVID―19のワクチン接種を行います」と先生がわざわざ宣言。

保健所職員の手前、きちんとやっているところを見せたかったのだろうか。仕事上の話に脱線しているうちに接種終了。痛みもほとんどない。とりあえず十五分、待合室で待機するように言われる。診察室から出ると、待合室にいたかたたちが話を中断して、一斉にこちらを見る。だいじょうぶかしら、あの人。今のところ生きているようだけど……といった感じだろうか。

ただただ待つ十五分というのは本当に長い。開店五分前のデパートの入り口で待つのと同じぐらい長く感じられる。不安感を共有すると、知り合いでもないのに仲間意識が生まれるのだろうか。なにごともなく時間が経過し、軽く会釈をして出ていこうとすると、待機中の人々からも一斉にお辞儀が返ってきた。

あきれるほどの方向音痴のため、バス停の場所を間違え、炎天下の中、逆方向に無駄に歩いた。これが副反応の発生に影響したらと、神経質になる。とりあえず当日は、接種した腕がちょっと痛い程度で暮れた。

明けて翌日、目が覚めたとたんに頭が痛い。ああ、やっぱり来ちゃったんだ。前々から聞いていた反応なので落ち着いているつもりだったが、ストレスに対してすぐにおなかが反応する。ノーシン飲んで熱も三十六・八度程度だが、おなかの症状が治まらない。動悸も激しい。カフェイン入りのコーヒーなんか飲んでしまったことを後悔するも先に立たず。

仕事は休もうかと思ったが、副反応にひとり悶々と向き合っている方がよほど辛そうだったので(ことによると救急車なんか呼んでしまったかもしれない)、思い切って出勤した。周りに人の目があり、するべき仕事があった方が気が紛れる。体力的にはきつかったが精神的には出勤して正解だった。来客応対などしているうちに、気持ちがほぐれてきた。

三週間後に、まだ二回目接種が残っている。

副反応情報に触れたくなくて、しばらく遠ざかっていたネット情報を、ふと油断して見る。ファイザーワクチンの有効性は半年だから、三回目が必要だという記事が目に飛び込んできた。

七月末、コロナワクチンの二回目を接種した。一回目は、精神的なストレスで副反応を助長した感があったので、今回はカフェインをとらず、整腸剤と、買い置きの頭痛薬を傍らに翌朝を迎えた。

朝は起きた瞬間から頭痛。これは一回目と同じ。熱はない。そうとう覚悟していただけにちょっと拍子抜け。頭痛薬を飲んで対応。コーヒーを飲みたくなったが我慢。甘く見てはいけない。ここで腸の動きを活発にすることは断じてあってはならない。喉元過ぎればではないが、三週間も経つとあれだけ惨憺たるものだったのに忘れてしまうのである。

薬のおかげか頭痛はすぐに治ったが、お昼近くに全身がだるくなってきた。倦怠感と疲労感の違いを初めて実感する。両手の一本一本すべての指先の関節も痛い。パソコンを打っても痛い。薬の箱に書かれた効能に関節痛とあったので再び飲む。効能欄をこんなに熟読したのは初めてである。いろんな薬効が羅列してあり、ほんとかいなと思ったが、頭痛にも発熱にも関節痛にもずいぶん効くものである。

予後を心配した母親から電話があった。

彼女は副反応の「ふ」の字も起こらなかったので、そういう現象自体、想像ができないらしい。自慢するようなことではないのだが、「手の指の先、一本一本がね……」と多少大げさに言ってみたら驚き感心していた。

副反応のための休暇制度がある話をしたら、

「そうなの、いいじゃないの。外に出ないでごろごろしてなさい」

彼女の口からそんなセリフを聞くのは新鮮である。

昔のことではあるが、母は子供が勉強も遊びも何もせず、手持無沙汰にごろごろしているのを好まなかった。夏休みにはきっちりと計画表を作らせて、ぼおっとしている時間を許さなかった。ここ数日の感染者数のことを考えれば、そう言いたくもなるのだろうが、今回の例に限らず、母の言い分も昔よりずいぶんと緩く寛大になり、拍子抜けすることがある。


令和四年三月。届くのが遅れていると聞けば気になり、届けばぎょっとする三回目のワクチン接種券。それがついに届いた。このたびは、自治体の接種券を使うことにしている。一、二回目は医療従事者枠に入れていただいたが、今回は在庫が少なく、感染者と接触する可能性の高い保健師さんや、検体搬送に関わる職員に優先的に回されるのである。

同封されていたチラシには、予約システムのアドレスや電話番号が書かれている。電話の方は、かけてみなくてもつながらないのはわかっているので、システムにログインしてみる。ワクチンの種類を確認し、接種場所を選び、日にちを入力して……そこまでは操作もさくさくとスムーズに進む。システムダウンの兆しもない。が、肝心の予約枠はほぼ埋まっている。集団接種会場にはかなりの空きがあるのに、ファイザーの個別接種に人気が集中しているようだ。副反応の噂が気になるのは当然であり、接種したあとの体調も、一、二回目で経験している方が安心というわけだ。

わたしも御多分にもれずファイザーにこだわって、早めの日程がないかと直接医療機関に電話してみると、ちょうど翌日の予約枠がひとり分、体調不良でキャンセルになったという。電話の向こうからは、「かなりラッキーだと思いますよ」の声。え、明日ですか。まだ心の準備が……と心の声がしたが、とまどいとは裏腹に、「はい、お願いします」と反射的に答えた。

前々から気を揉んであっちこっち問い合わせてもなかなか予約が取れないこともあれば、今回のように、思いもかけずあっさりと済む場合もある。それならそれで、あまり早く打つと、免疫が低下するのも早いのではないかなどと思ってしまう。どう転んでも心配は尽きないのだ。四回目なんて考えたくもない。

このたびの第六波は、コロナそのものよりもそれがきっかけで、持病が悪化する傾向にあるという。わたしにはそういう類の持病はないが、年齢は高齢者に近い。果たして接種は必要だったのか。接種してからもあれこれ考えてしまうのは、一事が万事、厄介な性分である。

とりあえず心配なのは翌日の副反応である。一回目はおなか。二回目は指先の関節が揃って痛くなり、パソコンが打てなかった。バファリン、ビオフェルミン、睡眠導入剤完備！　なんとも心細い限りだ。

令和四年五月。三回目の予防接種も、高齢者を中心に軌道に乗り始め、年の初めから始まった第六波も、ゆるゆるとしたスピードながら、段々と収まってきた。相変わらず、夕方四時四十五分になると東京都の感染者数が発表されている。

そしてなんと、厚生労働省からは、四回目のワクチン接種のお触れが出た。

昨年の今頃、副反応におびえつつも一、二回目の接種枠をめぐり右往左往している時、誰がたった一年しか経たないうちに、四回目を打つことになると想像しただろう。二回の接種で感染を防ぎきるとは確かに明言していなかったかもしれないが、それ以降についてなんら、可能性の話もなかった。それがいつのまにか、二回の接種ではこれだけ免疫が低下するという具体的な数値が示され始め、「ブースター接種」というもっともらしい横文字のもと、せっかく打った一回目と二回目を無駄にしたくなかったら、是非とも追加接種を、という雰囲気になった。あの程度の副反応ならとつい気を許して三回目を打ってしまったのが、今年の三月。感染予防というフレーズからいつのまにか、重症化予防というフレーズにすり替わっている。

副反応でお亡くなりになったかたの情報が氾濫していたのが、いつのまにか、ぱったりと聞かなくなった。安全性を連呼していたのが、実績が積み重なることによって、その声も間遠になった。すべて大多数の、想定内の副反応の陰に埋もれてしまったようだ。

父は三回目の副反応がひどく、ほぼ半日動くことができなかったそうだ。重症化のリスクが高い人ほど、副反応のリスクも高いという皮肉な例だが、そんな話は報道されていない。

三回目接種を終えた人がようやく五割を超えたところである。対象者を絞った四回目の接種率はさらに低くなるだろう。四回目が終わったら五回目が、さも当然のようにやってくるのだろうか。そんなにしばしば追加接種しなければいけないワクチンっていったい何様（なにさま）？　輪っかに乗ったが最後、もう回るしかないハムスターになったかのようである。

四回目などまっぴらごめんと思っていた。接種対象者は、六十歳以上または基礎疾患を持っている人限定と聞いていたので、無関係だと思っていた。ところが、第七波の勢いはこれまでとは比べ物にならないほどすさまじく、東京都の感染者数は三万人を軽く超え、職場にも感染の波がやってきた。そこで、医療従事者枠が追加され、それに準じて保健所職員にも〝魔の手〟いや、接種の枠が広げられた。かかりつけ医に電話すると、あっさり予約が取れた。取れないとなんとかしようと躍起になるくせに、難なくクリアすると、どうしようかと思う。少し待てば、従来株と新種のオミクロン株両方に効果のあるワクチンが出回るらしいから、さらに悩ましい。予約するよりもキャンセルする方がハードルは高い。これはワクチンに限らない。だからこのまま前に進むのだろうな、というのは薄々わかっている。迷うふりして実はもう気持ちは固まっているのだ。

そこで必要になるのは、接種を正当化してくれる理由だ。持病の甲状腺疾患は、ここでいう優先接種の対象疾患にはあたらない。医療従事者といったって、実際治療にあたるわけではない。彼らへの感染拡大によって、治療に支障が出始めたというのが、今回の枠拡大の理由なのだ。保健所の中で、事務職のわたしが感染者に接触する機会は皆無に近い。接触した保健師に接触する機会はもしかしたらあるかもしれないが。

残るは年齢要件だ。重症化リスクの高い六十歳以上を対象とすると言っているが、たかだか数か月の差で、誰が五十九歳の人間が、重症化しないといえるだろう。一応の区切りとして便宜上決めた年齢枠ではないか。ここだ。これで接種を自分に納得させる理由ができた。

副反応は三回とも症状が違ったので想像がつかない。どれも耐えがたいというほどのものではなかった(ような気もする)。それよりも、感染者の増加によって耳にすることの増えた後遺症の方が、よほどしつこそうである。

それでも不安がすっきりぬぐえたわけではない。四回目のお仲間が少しでも増えてくれればいいな、とネットでその人数をチェックする日が続くだろう。


令和五年。五月に、新型コロナがインフルエンザと同じ、五類となった。五並びである。手元には、ラベンダー色の封筒にはいった五回目の接種券がある。四回目までは打つ、打たないでいちいち葛藤したのに、今回はその葛藤も含めて、まるで熱から冷めたように、はっきりと打たないことに決めた。それなのに捨てずにおいてあるのは、「とっとけばよかった」という事態が起こらないとも限らないからだ。何が起こるかわからないというのは、このコロナ禍で学んだことのひとつである。

職場でも、感染したと公言する人が増えた。感染したと話すこと自体、ためらわれる雰囲気だったのに、電車の中で声高に経験談を話す人を目にするようにもなった。その中にあって、ワクチンの副反応やコロナの後遺症にひそかに悩む人が、おきざりになってはいないだろうか。

テレビをつければコロナ、コロナ、コロナ――。各都道府県の知事の顔をあんなに頻繁に眺めたことはなかった。大人から子供まで、政治家から一市民まで、みんながあれほど影響を受けたできごとが、今まであっただろうか。

今回のコロナ騒ぎで、政治家も行政も医療関係者も皆、無力だとわかった。お偉がたにも明言できないことがあるのだと知った。平穏な御時世にはあれこれ文句を言いつつも大過なくものごとは過ぎていったが、ことこれに及んで初めて、組織や権威などなんの保証も根拠もない、もろいものだということがわかってしまった。所詮人間の考えることは行き当たりばったりなのだということが。

現在まで発症しないのは、ひょっとしてかからない体質なのかもしれない、知らないうちに感染して免疫ができているかもしれないなどと、都合よく解釈するようになった。ワクチンのおかげで無症状だったのかもしれないが、接種しない場合と比較ができないのでわからない。ウイルスは相変わらずそのへんに転がっていると思うが、慣れてしまった。これが、前々から目指していた「ウィズコロナ」なのだろう。声高にそう唱えているうちは異物だったが、言わなくなったとたん、コロナと御一緒があたりまえの世の中になった。代わりに、これまで発生したことがないような感染症が顔を出し始め、これらをコロナが食い止めてくれていたのではないかと思えることもある。

さんざん振り回された三年半。ワクチンに関しては、もはやここまで。接種券はこのままお蔵入りになりそうだ。

# マスク美人

通院している眼科医院に、女優の石田ゆり子さんに似た美人のスタッフがいる。マスク越しのまなざしといい、髪形といい、雰囲気といい、ゆり子さんを彷彿とさせる。眼底検査や視力検査が彼女にあたると、ほのかにうれしい。

しかし幸か不幸か、わたしは彼女がマスクをはずしたまるごとの顔を目撃したことがない。

職場の保健所では、新型コロナが五類になっても、医療機関に準じるということでマスクが必須アイテムである。ここ二、三年の間に異動してきた同僚の素顔を知らないというのはあたりまえになった。水分補給のためにマスクを取った瞬間だけがそのチャンスなのだが、すっぴんだったり、マスクの影響で鼻の周りが赤らんでアニメのキャラクターを思わせたりすることもあるので、何か見てはいけないものを目撃してしまったような気分になる。

皺・シミを隠すために、できるだけマスクをはずしたくないと思っているわたしのような人も多いかもしれない。コロナ禍以降、すっぴん歴も三年を超えた。

口元が隠れているので、感情も伝わりにくい。上機嫌なのか、不機嫌なのか、それともそのどちらでもないのか。言葉だけでは判断がむずかしいことがある。

そこで、「わたしは今、笑っていますよ」というのをお知らせするために、敢えて、目を細める人が増えたように思える。そういえば、自宅を訪れたケアマネさんも、ニコニコマークをくっつけたみたいに目をことさら細めて、「今の話、おもしろかったですよ」「今、笑顔になっていますよ」というのを努めてアピールしている。メールの途中や末尾に添える顔文字さながらである。

お隣の部署に、肩にかかった長い髪をシュッと後ろにはらう姿が粋な職員がいた。コミュニケーションの取りかたも柔らかく、言動も穏やかで、グループリーダーにふさわしい女性である。つけまつげの恩恵か、マスクから出た目もパッチリと、マスクで隠れた部分をバランスよく補っている。

とある日、彼女が水を飲もうとマスクをはずした瞬間、下から現れたお顔がわたしの思い描いていたよりも、ヌウーッと細長く、うろたえたことがある。勝手に美化しておいて大変失礼な話ではある。彼女が異動してきてから二か月、マスクをしていないお顔を拝見したことがなかったのである。

さて、眼科のゆり子さんだが、マスクという仮面をはがしてみたいというイジワルな気持ちと、いやいや、もうしばらくの間は、ゆり子さんのままでいて欲しいという気持ちがせめぎ合っている。

## 本末転倒

新型コロナウイルス感染症がインフルエンザと同じ、五類に移行したことで、三年前の状態が少しずつ戻ってきた。昼休みに当番制で行っていた電話機や窓口のアルコール消毒は、自主性に任されることになった（となれば行われないのと同じである）。職員どうしを隔てていたアクリル板も、今後、撤去するかどうか話し合われるようだ（わたしとしては、そのまま置いておいて欲しい。メモをいっぱい貼りつけて恰好の目隠しにもなる）。マスクをしていない人を見るのにも慣れてきた。イベントがなし崩しに再開され始めた。

どんなふうにコロナは収束していくのか、終末期を是非見届けたかったが、患者数の減少や万能薬の出現ではなく、制度によって半ば強制終了させられたような感じになった。ウイルスにとっては、我関せずといったところだろう。制度が変われば、人の気持ちも変わる。夕方四時四十五分に発表される東京都の感染者数をチェックするのが趣味のようになっていたのに、発表されなくなるや否や、全く関心がなくなった。五回目のワクチン接種券もどこへやら。マスクは靴下をはくのと同じぐらい習慣化したので、かろうじて継続。職場では、高齢者施設のクラスターだけが、未だにサポートの対象となっているが、それも余韻の感が否めない。

運転手への飛沫防止のために座ることのできなかったバスの最前列の席も、解禁となった。喜び勇んでよじ上ろうとすると、どうも足元が頼りない。なんと三年余りの間に足腰が弱っていたのである。

職場の業務も徐々にコロナ前に戻ってきた。

三年ぶりに復活したのが、「蚊のモニタリング調査」である。数年前、代々木公園でデング熱が発生したのをきっかけに始まったのだが、コロナの影響でそれどころではなく、ずっと休止状態だったのだ。

この調査、どんなものかというと、まず、蚊を捕獲するトラップ（罠になる容器）を、木陰などにぶら下げる。その近くにドライアイスを据えて二酸化炭素を発生させると、蚊はヒトがいるのかと思って近づいて、まんまとこのトラップの中にはいり込む。入り口には電動モーターの羽が回っているので、これに邪魔されてもはや外に出ることができないというわけだ。トラップは二十四時間後に回収されて、蚊とともに衛生研究所に送られる。そこでウイルスを持っているかどうかを調べるのである。この作業は、六月から十月までの五か月間、ひと月に一度ずつ行われる。

単純な作業ではあるが、なにせ暑い盛りである。しかもドライアイスは重く、吊り下げる木も高い。設置するそばから、ホンモノの人間がやってきたとばかりに蚊に襲われる。よりによってチビで体力なしのわたしがこの仕事の担当なので、この事業が復活すると知った時は、暗澹たる思いがした。当日雨が降れば次の日に延期になるので、天気予報とにらめっこなのも落ち着かない。

定年間際の最後の年に復活とはね！

コロナのおかげでいろんなことが中止になって、ずいぶんと楽をさせてもらっていたことのひとつがこれだったのだと改めて思う。


十月になり、このモニタリング調査も終盤を迎えた。

八月には、台風の影響から半日で引き揚げるという想定外の場面はあったが、無事に終わりそうである。

今年は例年以上に猛暑日が多く、捕獲数も少ないのではないかと思っていた。が、しかし意外にも、前回の令和元年に調査した時よりも格段に多く捕れた。久しぶりの調査で蚊も油断したのか？

いやいや、そうではない。トラップを仕掛ける藤棚の手入れがなおざりになっており、蔓や葉は伸び放題、蚊にとって恰好の生息地になっていたのである。うっそうとした茂みは、蚊を培養するのにちょうどいい環境だったということですね。

担当者には大変都合のいい展開だが、考えてみるとそれもおかしい。

藤棚周辺には、近所の人が犬の散歩などでよく訪れる。子供を遊ばせるお母さんの姿も時に見かける。

水たまりができないようにしたり、枝葉を定期的に刈ったりして、蚊を増やさない環境をつくるのが本来業務である。しかもここは保健所。蚊の調査のために、敢えて藤棚の手入れを控えているのだとしたら？

あまりにも捕獲数が少ないと、いっそのこと、水たまりを作ってボウフラを発生させたい、と思ったこともあるが、そこまで露骨でないにせよ、結果的には同じこと。

お役所仕事とはいかにも。「調査をやった」実績と捕獲数確保が、最優先課題なのである。

## ランチタイム

診察までに時間があったので、外で昼食をとっていた時のことだ。コーヒーのおいしい店である。眼圧が上がるためにカフェインは控えているが、たまには解禁としている。

と、食べ終わったあたりで、三人の女性が店にはいってきた。年はわたしと同じぐらいだろうか。案内されて隣の席にやってきた。とたんに、周辺の空気が彼女たちの賑やかな声でワヤワヤと動く。平日の昼間は比較的空いてはいるが、こうした年齢層のグループが多い。

席に着いた彼女たち、おしゃべりを継続したままメニューをめくっていたが、そのうちのひとりが、「チーン」と卓上の呼び鈴を鳴らした。最近は、注文が決まったら呼び鈴を押してスタッフを呼ぶしくみになっている店が多い。

「お決まりでしょうか」。やってきたスタッフが礼儀正しい感じで、愛想よく聞く。

「ええっと、そうねえ。この店では何がおいしいの?」と三人のうちのひとりが尋ねる。どうやら、全員の注文が決まらないうちに呼んでしまったらしい。尋ねられたスタッフ氏、「そうですね。この○○カレーが一番人気です」と丁寧に答える。と、くだんの女性、「あらそうなの、でもカレーは昨日食べたから」とあっさり却下。スタッフをお待たせしたまま、再びメニューをめくりながらあれこれ算段していたが、結局、パスタに決めたらしい。わたしが注文したものと同じだ。

店の人気メニューを聞いてから決めたい気持ちはわかるが、断るにしてももう少しマシな言いかたはなかったのだろうか。スタッフも愛想のよさと礼儀正しさを崩さなかったが、内心では、「だったら聞くな！」と思わなかっただろうか、などと自分が失言したかのようにやきもきとした。

注文を終えたところで、彼女たちのおしゃべりが再開する。こうしたグループの話は、店員さんへの気配りとは裏腹に、微に入り細をうがつというのか、具体的で細かいところにまで行き届いた噂話が多く、つい耳を傾けてしまう。おおっぴらに言えない箇所に差しかかると一応声をひそめるのだが、ひそめればひそめるほど、耳は集中する。

ブログネタはいただいたが、なんとなく落ち着かなくなって席を立った。

# 救急車は行く

朝、ベッドから起き上がると、右の腰と脇腹に激痛がはしった。

そりゃもう、イタイなんてものではなく、目の前をチカチカ星が飛び回り、脂汗が全身ににじんだ。腹の筋肉がけいれんしているのがわかる。

倒れ込むようにしてベッドに横になる。痛みはひどくても意識ははっきりしているので、これからどうしようと、転がったまま思案する。

原因はわかっていた。二、三日前のことだ。壊れたテレビを修理センターに送ろうと、スーパーからもらって折りたたんだ段ボールの空き箱を右脇に抱え、左手には傘。風雨が強く、それに逆らうように駅から家まで歩いた。ぺちゃんこになって面積の広くなった箱のせいで、風の抵抗がより強まった。その時は気がつかなかったが、吹き飛ばされまいと、そうとう無理な力が全身にはいっていただろう。次の日もその次の日も、いつもと違う腰痛があったのに、養生もしなかったのだ。

原因がわかったところで、もう遅い。

一時間ほど横たわっていたら、衝撃的な痛みはなんとか治まり、どうやら立てる。しかし外は土砂降り。傘をさして歩ける状態ではない。込み合った整形外科の待合室も目に浮かぶ。

救急車を呼ぶことに決める。

時間は朝の七時。八時半頃にならないと専門医が出勤しないだろうから、救急車を呼ぶのもそれからの方がいい。職場に休みの電話を入れるのも、始業時間に合わせて八時半だ。

その間に、搬送先が一番近い病院の可能性を想定して診察券を用意する。現金も余分に財布に入れる。お薬手帳も用意。入院に備えて、下着と寝巻き代わりの上下、靴下をビニール袋に入れる。たいくつしのぎに本を持っていこうとしたが、帰り、重い荷物を持って帰ってくるのは腰に悪そうなのでそれは断念。

八時半。準備万端整ったところで、119番。火事ですか、救急ですか、との声が電話の向こうから聞こえてくる。住所や患者（ってわたしですが）の年齢、性別、症状などを聞かれる。部屋番号を再度確認されて電話が切れる。

「ああ、呼んじゃった、救急車」

到着を待つ間、不謹慎だがワクワクしてきた。痛みが少しだけ治まってきたせいもある。なにぶん、初めての救急車である。両親は何度か搬送されたことがあるが、付き添いとして乗ったこともなかった。中はいったいどうなっているんだろう——。

遠くからサイレンの音が聞こえてくる。

ワクワク感マックス。

チャイムが鳴ったのでインターホンに出る。痛いのは事実だが、口先は元気だ。しかしあまり元気そうなのも気が引けるので、多少弱々しく答える。オートロック解除。立っていられないほどでもないが、救急搬送にふさわしくしゃがみ込んで待つ。

再び玄関のチャイムが鳴り、ドアを開けると、「救急隊です」と頼もしい声。目の前に、ふたりの男性が担架を横たえて控えている。せっかく担架を用意してくれているのに、歩けそうなのがなんだか申し訳なくて、せめてもと痛そうな表情と動作を過剰につくってしまう。わたしがドアの鍵をかけている間、後ろで待っていてくれる。〝鍵をしっかりかけて出てくる救急搬送対象者〟というのも冴えないが、ほかに鍵をかけてくれる人がいないのだからしかたがない。彼らにも、来た甲斐があったと思って欲しいとばかりに、よろよろとつかまり歩きをしながら階下に下りた。

以前、母が脳梗塞の再発を疑い救急搬送された時に、「（患者さんは）立って待っていらっしゃいました」という救急隊員と病院とのやりとりを聞いて、恥ずかしいようないたたまれないような思いをしたと言っていたが、その気持ちがよくわかった。

土砂降りの中、向かいの駐車場に止められた救急車まで抱きかかえられるようにして歩く。抱きかかえられる、なんてことがこれまでなかったものだから、あとあとまで甘い思い出になった。

若い女性が振り返ってこちらを見ていた。やっぱり見るよね。わたしも救急車が止まっていたら、どんな人が乗るのかわざわざ立ち止まって見るもの。それでもその女性だけで、意外に皆さん、無関心だ。交通事故のような騒ぎではないからだろう。

車中のベッドに上半身起き上がった姿勢で仰向けになる。痛くない姿勢をあれこれ聞いてくれる。

脈拍や血圧を測りながら、生年月日や名前、症状、持病、かかりつけ医、飲んでいる薬、通報するまでの経緯などを細かく聞かれる。熱は三十七度一分とやや高めだ。血圧も普段は上が八十台なのに百を超えている。これなどは緊張のためだろう。認知機能を調べるために今日の日付も尋ねられる。さらに搬送する病院のリクエストまで聞いてくれる。家から近く、以前かかったことがあるという理由で、希望通りの病院に連絡を取ってくれて受け入れが決まる。

聞いてはいたが、発車するまでに長い時間がかかる。救急搬送をする資格があるかどうか審査されているように感じられる。わたしの中に、おそらくただの「ぎっくり腰」ってやつなんだろう、それも自分の不注意で……というような疚《やま》しさがあった。症状が派手な割には、「ぎっくり腰」ってなんだか軽い語感だ。

さて、救急車の中身はというと、まず同乗スタッフは三人。運転するA氏と、わたしの話を聞いて病院と連絡調整するB氏、脇腹などに傷がないか診察するC氏。Cさんはやや年配の男性で、ひと通り診察すると役目が終わったのか、横の長椅子にのんびり腰かけている。「雨、止むといいですね」と話しかけてくれたりして、ほのぼのとした感じだ。きっと混乱している患者を慰める役目も負っているのだろう。せわしなさそうだったのはBさんで、助手席とわたしの間の狭い空間を、身を縮めながら行ったり来たりしていた。一番体力を使う係なのか、訪問リハの職員のごとく体格ががっしりとしており、マスクから覗いた鼻筋が通った若い男性だった。

車中にある小道具として、頭のあたりにモニター、顔の横には心電図の電極や聴診器などがぶら下がっている。反対側の窓上には、「頭上注意」と書かれた棚がふたつ据えつけられている。シミだらけの白くて短いカーテンが窓に張り巡らされていて外は見えない。足元の扉部分にはブレーキランプ。キャスターつきのベッドには、使い捨ての青いシートが敷いてあったが、ベッドそのものはかなり年季がはいっており、患者を移動させる時に擦れるのか、それとも痛みにあえぐ患者さんの悶絶のあとなのか、脇がボロボロになっていた。

サイレンの音も、「交差点内、直進します」というような声も、車内にはあまりよく聞こえないので、自分が救急車に乗っている感じがしない。

わたしは救急車が赤信号を許されて、交差点を突っ切るのを見るのがとても好きだ。わざわざ歩を止めて見送ったり、現場を目撃するために引き返したりすることもある。サイレンの音が聞こえてくると、赤になれ、赤になれ、と念じてしまう。一刻を争う命を運んで走る救急車と、そのことを承知で脇にすっと車体を寄せて道を譲る一般の車、横断歩道を渡るのをしばし待って見送る歩行者。全く知らないものどうしが、この瞬間だけは誰もなんにも言わないのに、協力態勢になるその一体感。時には救急車が徐行しながら、スピーカー越しにお礼なんかを言って通ったりすると、さらに満足感が高まる。世の中のためになるような、立派なことに参加したように思えるひとときー―。

車内からこの風景を見たらどんな感じなんだろう、と気になったが、「ちょっとカーテン開けてください」とは、さすがに言えなかった。ベッドの向きが進行方向とは逆向きで、運転席の窓も見えないのだった。

これも話には聞いていたが、車はすごく揺れた。

救急車はものの五分と経たないうちに病院に着いた。

ベッドごと車外に引き出される時、近くにいたおじいさんが、じろじろと、いつまでもこちらを眺めている。「見てんじゃないよ。見世物じゃないんだから」と思う。逆の立場なら、わたしもじろじろ見るだろうけど。

病院のベッドに移される。姿勢を変える時に痛むのは変わらないが、スタッフに囲まれた緊張感に意識が移り、家にいる時よりも痛みが鎮まっている。痛みの程度を聞かれ、十のうち四ぐらい、と答える。

ここでもまた、今日の日付や、ここがどこかわかりますか？　と聞かれる。最近まで女子高校生だったような雰囲気の、小顔で整った顔立ちの女医だ。勉強のためにそこにいるらしく、マニュアルを思い出しながら質問しているのがよくわかる。何度も同じことを聞く。

足元の方では、救急隊員がわたしからの聞き取りを病院スタッフに引き継ぎしている。

内容を聞くともなく聞いていると、わたしの運んでいたのが「重い」段ボール箱ということになってしまっていたが、敢えて訂正することもないので黙っていた。

入れ代わり立ち代わり救急科のスタッフがやってきて、救急車の中でされたのと同じような質問をする。超音波や心電図の検査の結果、内臓や心臓、骨に異常はないということでひとまず安心する。ひと通り検査して、緊急の病気ではないことを確認するようだ。

どうやら急性腰痛症、いわゆるぎっくり腰らしいという診断がついた頃、なあんだ、というわけでもないだろうが、寄ってたかっていたスタッフ一同、潮が引くようにいなくなった。看護師さんが座薬の痛み止めを手早く入れてくれて、端っこの方にベッドごと移された。コロナ禍、職場の保健所でよく耳にしたパルスオキシメーターをつけているので、指がぷらんぷらんする。頭上のモニターを見上げると、酸素飽和度が99と出ている。まずまずの値なんだろうな、とうっすら思う。足元には、きちんと仕分けされた靴と手荷物が、ビニール袋にはいって置かれている。

二十分ほどすると、痛みの余韻はあったが、さっきに比べたら格段に楽になっている。これなら帰れそうだ。御用が済んだとなると、すぐさま支払い手続きの話になり、急に事務的な雰囲気になった。出迎えられた時の華やかさが失われ、置き去りにされたような気がする。治療費は薬代含めて六千円あまり也。

午前十時半。朝から何も食べていない。併設のカフェでクリームパンとスープを注文する。長い時間が経過したように思えた。目まぐるしい展開に頭がついていかない。

雨は止んでいたが風が強い。風に逆らって歩くと、またろくなことにならないだろう。歩いてすぐの距離だが、大事をとってタクシーで帰った。金六百円。

引き継ぎの時に聞こえてきた「六十歳」という響きがしばらく頭に残った。ああ、六十歳になってしまったのだわ、わたくし、のようなさみしさ。

問診票に書かれていた「独居」という言葉の味気なさ。そういえば、救急隊のかたが到着して名乗るや否や、次に口にしたのも、「独居ですか?」だった。なにやら「独居房」を連想させる。

両親の付き添いで医療機関に行くことがある。

そんな時は、わたしが問診票に記入したり処方箋や薬を取りに行ったりできたが、おひとり様だと、それらを全部自分でやらなくてはならない。救急車を呼ぶのも自分だ。幸い今回は重病ではなかったが、痛い時には辛い。何度も聞かれたり書かされたりした緊急連絡先として、頼りになる家族を書けなかったことがなんとも心もとない。

保険証が共済組合なので取りっぱぐれはないと思ってくれただろうが、これが高齢、独居、無職となると、ちゃんと支払ってくれるかしら、というような胡散臭い目で見られるのではないか。ひとり暮らしが増え、あてになる緊急連絡先を持たない人が今後増えていくかもしれない。

今回、腰をかばいながら病院の廊下を歩いて、初めて、ゆっくりとしか歩けない状況がどんなものか、実感としてわかった。小走りにせかせか歩いている時には目にもとまらなかった病院ボランティアさんの姿も目にはいった。あれこれ重い荷物を担いで歩き回る生活や、生きかたそのものの見直しを迫られているようでもあった。

あの日以来、救急車のサイレンを聞くと、乗車しているのはあの時の彼らかしら、などと思いを馳せることがある。インターホンに録画された救急隊員の画像は未だに消去することができないでいる。仕事中に、「かっけー、おれら」と思ったりする瞬間はあるのだろうか？　などと余計なことを聞いてみたいと思ってしまう。普段はどこに控えていて、要請があると、どんな手順を追って出動するのか、その様を頭に描いたりする。車内でも病院に到着してからも慌ただしく、お礼を言われるいとまもなく用が済んだら速やかに去っていく姿が、ウルトラマンのイメージと重なる。真っ青な制服に覆われ、ヘルメットとマスクをつけて素顔が見えないのもまた、正体不明。神秘性を醸し出すのにひと役かっている。

結局、今回の腰痛騒ぎの発端となったテレビは修理不可能とのことで、本当になんのための騒ぎだったのだろう。年休も一日無駄になった。

でも、まあ、救急車には乗れたけど。

# ついに♬

ひとりカラオケ、通称〝ヒトカラ〟に行った。

台風一過の、暑さがぶり返した土曜日のこと。実に三年半ぶりである。新型コロナウイルス感染症が五類になっても、部屋の気密性を考えると、たとえ朝一番に行っても昨日のウイルスがまだそこらへんを漂っていそうで、二の足を踏んでいたのである。不安に思いながらわざわざ行くところでもない。

しかし、ひとたびお気に入りの歌を見つけると、通勤電車内で聴くだけでは物足りなくなる。好きとなると、〝それ一途〟になるのはわたしの習性である。

開店早々の十一時。受付表には三人ほどのお名前が並んでいる。

「ダムにしますか？　ジョイサウンドにしますか？」と希望の機種を尋ねられる。そういえばこんな質問があった、あった。ジンジャー・エールを頼み、番号札を渡されて部屋に向かう。廊下と、そこに順番に並ぶドアの雰囲気が懐かしい。四〇一、四〇二、四〇三……。わたしの本日のお部屋は四〇七だ。

部屋にはいると早速、持参のアルコールティッシュでテーブルやタブレットを拭く。マイクは一応「殺菌済み」となっているが、菌とウイルスは違うとばかりに、これもゴシゴシやる。

以前なら、飲み物を持ってきた店員さんに歌っているところを目撃されたくなくて、選曲にいそしむフリをするのだが、今回は、拭き掃除の現場を見られたくない。飲み物ってかなり突然、音もなくやってくるのだ。

部屋に置かれたモニターからは、プロモーションビデオのお兄さんが、「店員さんが来ても歌い続けてくださいね」と甘い声で呼びかけている。ええ！　そうなの。店員さんがはいってくると、照れくさくて歌うのやめちゃう人ってわたしだけじゃないんだ。メッセージも進化していた。

消毒完了。ジンジャー・エールも来た。冷房も適温。音程を下げるのはどうだったかしら、エコーのボタンはここだったか、とちょっともたつく。高い声も出にくくなっている。初めて歌う曲なのに、テンポもずれず、音程もはずれず、情緒たっぷりに歌えるようなイメージを抱いてマイクを握るのだが、現実はもちろん厳しく険しい。

運動神経が鈍いのにもかかわらず、運動会がそれほど苦ではなかったのは、徒競走でトップを走り抜けるイメージを持ち続けていたからだ。

三年半分の期待が高まりに高まっていたせいか、ふうん、こんなもんか、で終わった一時間半であった。会計は三〇パーセント割引券を提示したのに、思ったよりもお高い。物価高はこんなところにもやってきていた。

# おろおろとして欲しかった

東京・麻布十番にあるクリニックでわたしたちは出会った。二十年以上も前のことである。当時流行ったACを掲げて開業された精神科のクリニックだった。

AC（アダルトチルドレン）。アルコール依存症の親のもとで育った子供たち――。彼らは成人してから、人やものとの関係性に問題を抱えることが多い。しかしそうした環境とは無縁で育ったのにもかかわらず、彼らと同じような問題を抱える場合がある。他者《ひと》の期待に添った生きかたを求められながらも、「あなたのため」という言葉で隠されるので、はたからも、そして本人も気づきにくい。そこは、そうした生きづらさを自覚した人たちの居場所であった。

院長先生の担当患者が増えてきたのだろう。「そろそろ落ち着いてきたから」という理由で、赴任して早々の、内科医出身の村山医師に回された。わたしは初めから落ち着いた患者だったと思うが、新しく来た先生に、患者を少しずつ受け持たせていきたかったのかもしれない。

村山医師は三つ年上の、ほっそりと瘦せて控えめな女性医師だった。おどおどとして、目をきょろきょろさせていたので、パートナーから「イグアナ」というあだ名をつけられたそうだ。使う機会がどれほどあるのかわからないが、細い首にふさわしくないほどがっちりした聴診器をつけていた。

　彼女との関係は、それまで経験したものとは全く違った。

　芸能人はテレビの向こう側の人である。いくら好きになっても、こちらのことを全く知らない。テレビドラマの女刑事に憧れた時には、彼女に救出される人質になりたいとさえ思った。しかし現実として考えれば、そんなものにならない方がいいに決まっている。ドラマのように無事に救出されるとも限らない。

　学校の先生はこちらのことを知ってはいても、大勢いる生徒の中のひとりに過ぎない。がんばってテストの成績を上げてみても、その時だけである。別の成績のいい誰かとすぐに置き換わってしまう。卒業すれば記憶にも残らないだろう。

　しかし彼女は、こちらの全人格をまな板の上に上げてよくよく調べ、知ろうとしてくれた。初対面であるのにもかかわらず、扉を開けた瞬間に、まるで親友どうしのような立ち入った関係にいたる可能性を秘めている。お天気の話も必要ない。

　もちろん好きだから会ってくれているわけではない。お仕事なのだから、よほどの問題がない限り、拒むことなどできない。好き嫌いは当然医師の方にもあるだろうが、そうした感情はおくびにも出さず、等しく好意的に振る舞ってくれるので、わたしの方で彼女を好きになりさえすれば、相思相愛のように思えた。その資格を得たように感じられたと言った方がいいだろうか。

　何度か顔を合わせ馴染んでくると、彼女はわたしが来るのが楽しみだと言ってくれるようになった。朝、その日の患者リストを眺めて、わたしの名前が書いてあるとうれしいとさえ言ってくれた。「本当はこんなところじゃなくて、ママ友として会えるといいのに」とも。お世辞とわかっていても、職業上のセリフでも、わたしはすぐにそうした言葉を真に受けてしまう。そんなことを言われたことがなかったのでなおさらだった。

わたしも彼女のことが大好きになった。診察なんかどうでもよく、ただ彼女に会うのが楽しみで、土産話を考えるのが毎日の楽しみになった。

友人に会う時は、その場を盛り上げようと心を砕くものだが、診察の時には、できるだけ注意をひくような、もっと言うと同情されるような辛い状況の話をした。わたしの涙を持て余し、どうしたらいいでしょうか、と電話で院長先生に助言を求めているのを目の前にすると、なおさら、悲愴感を出すのに熱中した。大げさに盛ってもみた。わたしは彼女がおろおろするのを見るのが好きだった。それだけ自分のことを真剣に心配してくれているように思えたからだ。精神科にふさわしい患者への憧れがあった。

子供の頃から、感情を安心して表に出すことができなかった。家ではしゃぎ過ぎると、「すぐ調子に乗る」と水をさされ、ただ黙っているだけなのに、「ふてくされている」ことになった。自分の言動や機嫌が家の中の雰囲気を暗くも明るくもした。

そのせいもあるだろうか、抑え込まれていたすべての感情が、話を聴いてくれる人を前に、見境なく放出した。拒否しないでそのまま受け止めてくれる役割の人に対して。固定された役割にがんじがらめになっていると、相手の役割そのものに完璧性を求め、絶大で無防備な依存心を抱いてしまうのかもしれなかった。

子供の頃、父が勤め先から持ち帰ってくれる紙の裏に、小説もどきのお話を書いたり、漫画や絵などを描いたりしていた。どういうわけか、全身に包帯を巻いた痛々しい姿の女の子の絵ばかり描いていた時期がある。漫画のストーリーも、女の子が交通事故にあうという、いつも似たり寄ったりの、踏んだり蹴ったりの展開になる。

体中に包帯を巻いた女の子は、気遣ってもらいたいという願望の表れだった。患者になれば誰だって優しくしてくれるだろうから。画用紙いっぱいに横たわった包帯少女の絵はしかし、いけないもののようにも思えた。それを母に見つかって、「なあんだ」と言われた時は、叱られずに済んでほっとしたが、大事な秘めごとと思っていたことを暴かれた挙げ句、軽くあしらわれたようでおもしろくなかった。

わたしは根が関西人なのか（両親は岡山と神戸の出身である）、話はおもしろくなくてはいけないと思い込んでいる。相手に関心を持ってもらうには、笑わせたり相手の役に立ったり、特別な話をする必要がある。おとなしいというのは褒め言葉ではなかった。

本当は、話の内容にではなく、自分自身に対して関心が欲しかったのだが、わたしには相手に関心を抱く余裕がなく、それが他人を遠ざける理由であることに気がついていなかった。距離を縮めたければ、例えば、相手の着ている洋服や小物類を褒めたりすればよかったのかもしれない。しかし無理に、「あら、そのちょんまげ、すてきだわあ」などと心にもないことを口走ってもあとが続かない。そのぎこちなさを考えると、口走る前から面倒になってしまうのである。

就職のための面接や、職場で上司から呼び出されて話を聞かれるといった場面でさえ、どこか楽しみだった。仕事とはいえ、こちらが働きかけなくても、相手はこちらを知ろうとぐいぐい近づいてくる。普段は大勢の職員の手前、権威づけに大声を張り上げる上司も、一対一での面接となると、急に、善良なおじさん、おばさんに戻り、ものわかりがよくなった。

「そろそろ失礼させていただこうと思っているの」

村山医師はその日、診察の初めにさらりと言った。七月いっぱいで退職するというのだ。彼女の診察は、その年の初めに始まったばかりだった。

「がーん」。わたしははっきりと声に出してそう叫んだ。それまでは、頭の中の原稿用紙に書かれた理屈をもっともらしくこね回してばかりだったのに、その一瞬だけは、心からの声が自然に飛び出した。彼女がいないと生きていけないとさえ思っていたから。考えてきた話題などどこかに吹き飛んでしまい、ただただ泣けた。すぐ近所の市場に買い物に行った母親を待ちながら、アパートの階段に座り込んで泣きじゃくっていたあの時に逆戻りしたように。

彼女は困惑したように座っていた。「そうか、そうか」となだめるようなセリフをつぶやいてみたりした。こんな時彼女はなすすべもなく、おろおろとしているだけなのだった。

宇都宮の嫁ぎ先を母が訪ねてくれた時、母は「どうしてあげたらいいだろうねえ」と肩を抱いておろおろとした。わたしは誰かにおろおろとして欲しかったのだろうか、ずっと。

最後の診察の時、「隣のカフェでお茶とかすればいいじゃないの」。ちょっと困ったように彼女は微笑みながら言った。あまりにもわたしが嘆き悲しむので、収拾するすべが見つからなかったのかもしれない。初めに会った時よりも彼女はひと回り痩せて見えた。部屋を出る時に最後の握手をすると、その手はひんやりとしていた。

「あなただけに教えるわよっていうのは、本当はまずいのよね」。ためらいがちに彼女が手渡してくれたメモには、退職後の勤務先が書かれていた。ずいぶんと迷ったが、「茶飲み友達になれるといいわね」「今度はわたしの話も聞いてね」という儀礼的なセリフを都合よく解釈して、わたしはのこのこと出かけていった。彼女の夫が院長を務めるクリニックだった。外来は午前中だけなのだろうか。ひとけのない午後の待合室を、院長らしき男性がぶらぶら歩いていた。精神科の患者が妻を訪ねてくるのだ。心配でないわけがない。

久しぶりに会えた喜びと緊張感があった。しかし内科を掲げる診察室で取り立てて話すこともなく、場違いなところで会っているようなぎこちなさと、一時間半もかけてわざわざこのためだけに出勤してくれたことへの申し訳なさで、一回きりでやめた。

しばらくは年賀状やメールのやり取りが続き、そして時候の挨拶が、いつかまた会いましょうよ、というように発展していった。彼女にしてみればただのお愛想に過ぎなかったのかもしれない。毎年毎年、今年こそ是非お会いしましょう、と年賀状に書くような、女性どうしにありがちな、その程度の挨拶のつもりだったのかもしれない。

しかしそれを真に受けたわたしが、それじゃあ、いつ、どこで、何時頃にしましょうか、といいそと具体的に話を進め始めたとたん､ぱたりと彼女からの返信が途絶えた。まるで歩きながらメールを打っている最中に、マンホールか何かの中にどぼんと落ちてしまったかのように、それは唐突だった。それからは何度メールをしても返信はなく、毎年やり取りしていた年賀状の返事も来なくなった。

彼女は気づいたのだ。このままなし崩しに関係を続けていくことの危うさに。プライベートな場面になったからとはいえ、急にお互いの役割を変えることなどできないことに。だから彼女は手を引いたのだ。

今はもう患者と治療者じゃないのだし、会っても依存なんかしない、ましてや迷惑なんかかけないのに……と当時わたしは本当にそう思い込んでいた。しかし今ならわかる。あの時実際に会って関係が深まっていったら、彼女に対する依存心が膨れ上がり、それに応えきれない彼女に憤りを感じ始めたかもしれない。雲の上の人のように憧れの対象であるうちは、会えるだけで幸せな気分になるが、徐々にあらが見え始め、相手がそこいらの人に降格すればするほど、我が身とひき比べてしまう。それが原因で結局こちらから遠ざかることになったかもしれない。わたしが愛していたのは、彼女の背負う役割だったのだ。

診察室のソファーには、ブランドに疎くてもひと目でそれとわかる高価なスカーフが広げてあった。こうしたものを普段使いに買うことができる人と友人になれれば、それだけで、自分の価値が上がるような気もしていた。栄光浴というやつだ。わたしにとって、女医の友人は、超高級ブランドのアクセサリーと同じだったのかもしれない。

彼女はすでにわたしの治療者ではなかった。だからこそ、会いたくない人には会わないという選択肢が、彼女には与えられたのだ。

結果的には、彼女の方がワルモノ（という言いかたは適切ではないかもしれないが）になったような形で、決定的なケンカ別れというのでもなく、フェードアウトのように終わってしまったのは、気の弱いわたしたちにふさわしい気がしないでもない。

それでも、きちんと説明して欲しかった。急に連絡を断ち切るのではなく、元患者と治療者であれ、実際に会うのはやはりまずいと思うと、そう言って欲しかった。そしたら最初は不承不承でも、納得するしかなかったのに。思わせぶりな態度を取ってその気にさせて、結局は切り捨てられたという恨みがましい気持ちだけが残ってしまった。うわべだけの愛想のよさは信用ならないという、うっすらとした思いが信念のように固まったかもしれない。公務員で子供もいるとなると、そうそう面倒なことにはならないだろうと、彼女は境界線を甘く見ていたのかもしれない。確かにわたしは相手を困らせる行動に出たりはしない。しかし疑り深い割には、というか、だからこそ、ひとたび気を許すと相手の言葉を全面的に信用してしまうたちなのである。

その後、二、三年ほどは、返事は来ないとわかっていても、淡々と年賀状を出した。「わたしはここにいる」というメッセージを込めて。いや、本当は、彼女のやったことを思い出してもらうために。具体的に会う約束なんか進めなければ、今でも細々とメールや年賀状のやり取りぐらいは続いていたかもしれない。しかし本当は、彼女が麻布を退職した時点で関係は終わっていたのだ。次の職場にまでわざわざ出かけていったのは、そのことをはっきりと実感したいためだったのかもしれない。

# 舞台

## 一

　卒業式の日だった。袴を身に着けた麗子先生が、卒業生を従えて体育館に入場してきた。中学一年の時に理科の担当だった彼女は、五十代半ばぐらいで、笑うと目尻に皺ができた。その堂々とした姿に、わたしはひとめぼれした。それ以来、彼女の姿を求めて職員室の前を徘徊し、少しでも見かけると、その日の日記に興奮した様子で書きつけた。白衣姿は貫禄があって、いっそう特別な感じがした。一日に二回もそれらしい姿を見かけると、それがたとえ洋服の端っこでも、満足であった。

　二年に進級したら担任になってもらい、自分の名前を呼んで欲しいと願った。それがかなわなくても、彼女が顧問を務める手芸クラブに入部しようと決めていた。もしも彼女がわたしの得意科目の英語の先生だったら（残念なことに理科は不得意だった）、もしも途中まで一緒に下校できたら……などとその様を想像していた。

　理解できなかったことを質問した時に、教科書に書き込みながら教えてくれたことがある。便乗して何人かの生徒が一緒に説明を聞いたのが不服だったが、これが一対一だったら、緊張して頭になどはいらなかっただろう。その書き込みはもちろん消さずに残しておいて、あとあとまでその筆跡を眺めて暮らした。質問するということ自体、大変勇気のいるものだった。もしかしたら、話しかけるきっかけをつくるために、わざわざ質問事項を考えたのかもしれない。用もないのに気軽に先生に話しかけたりできる生徒ではなかった。

わたしの頭の出来の悪さのせいか、授業はあまりわかりやすくなかったが、そんなのはどうでもいいのであった。

二年の担任はあいにく彼女ではなく、手芸クラブも、定員割れで廃止になってしまった。

ある日友人と廊下を歩いていると、麗子先生に声をかけられた。「森山さん、ア・テストの結果どうだった?」。彼女はすでにわたしたちのクラスの担当ではなかったが、しっかり名前を覚えていてくれたのだ。別れ際に、「森山さん、ひとりっ子なんだよね。お姉さん欲しい? 先生がなったげようか? こんなおばあさんでもよかったら」と微笑みながら言った。それが冗談でもうれしかったが、しかし今思えば、「あの子はひとりっ子だから云々なのよね」というようなありがたくない会話が職員室の中でされていたのだとしたら、単純に喜んでいた自分が滑稽でもある。

二年の一学期に音楽の先生が産休を取り、代替教員として串本先生がやってきた。最初は、背が小さくて頭のむやみに大きい先生だという印象しかなかったのに、気づけば惹かれていた。ピアノを弾く姿見たさに、しょっちゅう音楽室を覗いた。鼻はぺちゃんこで、顔はほくろだらけ。失礼ながら美人とは言いがたかったが、愛嬌のある顔立ちの、親しみを覚える女性だった。帰り際、思い切って「さようなら」と言うと「さようなら」と返してくれた。それだけのことが、その日の日記を華やかに飾った。

期末試験には、前々から練っていた計画を実行した。串本先生が監督として教室に立った時に、筆箱をわざと落っことし、拾ってもらうというただそれだけのことだった。一本一本、散らばった鉛筆を拾ってくれる姿を思い描いてときめいた。直前のあの緊張と感情の高まりといったら！　落とす場所、先生の位置、時間などを図りながら、意図的に落とすというのは案外むずかしいのである。「ガシャーン」という音がしんとした教室に響き渡る。どこかしら、ときょろきょろする先生の姿。同級生のひとりに、あらかじめ計画を打ち明けておいたので、彼女に聞かれたかと思うと、妙に気恥ずかしくもあった。

その年の夏、富士山へのキャンプが行われた。

わたしはキャンプそのものへの関心よりも、付き添いの先生のことで頭がいっぱいだった。何台かのバスに分乗するのだが、串本先生は隣のクラスのバスに乗るらしいと知って、心底がっかりした。わたしたちのクラスのバスは、「がいこつ」というあだ名の社会科の若い男性教師だった。一組の差でなんという違いなのだろうと、理不尽を嘆いた。バスの中では彼女が歌を歌ってくれたとあとで聞いて、うらやましくてしかたがなかった。

キャンプ場でも、彼女の姿ばかりを追った。オリエンテーリングでは、チェックポイントを探すよりも、地点ごとに待機している先生の中に、彼女がいるかどうかを探すのに夢中だった。

キャンプ二日目、朝のラジオ体操の時だった。串本先生が爆発した。みんなが騒いでいたために、「こんな、うるさい集団は初めてだ」と怒鳴ったのだ。そしてわたしたちを何回も立ったり座らせたりした。再びざわつき始めたわたしたちに向かって、「まだ、しゃべっていいなんて言ってないぞ！」と一喝した。女性の先生の中で一番おっかないと思った。それなのに、わたしにとっては歌声だけでなく、叱りかたも美しいのだった。

キャンプファイアでも、わたしは彼女の姿ばかり見ていた。炎が大きくなってあたりが明るくなるたびに、彼女の姿がくっきりと浮かぶ。先生たちの踊りの時も一点だけを見つめた。炎を背景に、「今日の日はさようなら」「遠き山に日は落ちて」を合唱すると、もの悲しさでいっぱいになった。

この頃には、来る九月が気がかりだった。代替教員の彼女が学校を去るのだ。悲しまなくても済むように、夏休みのうちに彼女のことを忘れてしまいたいと思っていた。それなのに、彼女と親しくなる場面ばかり想像した。せめて音楽の成績を上げようと、岡山の母の実家に遊びに行く時にも、音楽の理論が書かれた分厚い百科事典をショッピングカートに載せて引きずっていった。

最後の授業がやってきた。彼女は記念に、ショパンの「幻想即興曲」を弾いてくれた。あんなに小さな体からよくもまあ、というような力強い音だった。聴いているだけで胸が鳴り響いた。これでもう彼女の授業が終わりかと思うと涙が出てきた。

その日、帰る準備をしている串本先生の姿を目撃したわたしは友人とふたりで、下駄箱に直行して彼女を待ち伏せした。一緒に帰るとまではいかなくても、最後の挨拶ぐらいしたかった。あわよくば、話をしながら少しの距離でも一緒に歩くことができるかもしれない――。しかし、いざとなるとわたしの超引っ込み思案が邪魔をした。いつものろくさくてこちらをいらいらさせる友人が、こんな時に限って「早くう」と呼んでいるのに、わたしは尻込みして、先生が門を出る頃にやっと動き出す始末。結局、一緒に歩くどころか最後の挨拶さえできなかった。

わたしが好きな女性教師に話しかけられないことを、母が個人面談の席で担任の教師に伝えてしまったために（しかも名前まで）、彼女がそのことを聞き知っているのではないかと、自意識過剰にもなっていた。

その後何日かして行われた体育大会に、彼女が招かれてやってきた。本部席のテントの中で校長先生に挨拶している姿を見て、放送係だったわたしは実に張り切ってアナウンスした。彼女がこの声を聞いてくれればいいな、とばかりに。彼女が帰り支度を始めた。この場を逃したらもう会うことはないだろう。日頃のはにかみはどこへやら、目の前を通った時を逃さず、「先生、さようなら」と言った。それは唐突だったかもしれない。彼女はこちらをちらと見て、「あ、さようなら」と言って帰っていった。結局、彼女に言えたセリフといえば、「さようなら」だけだった。

中学二年の時から国語を教わった大木先生は、自分の母親より五つ年上の、四十五歳の女性だった。

「わたしのお母さんと同い年なのよ」と友人が教えてくれた。ＰＴＡ役員の彼女の母親がどこから聞いてきたらしい。

今、先生のことを思い出してみても、当時の彼女が今のわたしより十歳以上も年下だったとは思えない。しゃんと背筋を伸ばし落ち着き払っており、伝わってくるのは〝風格〟であった。それだけに、短い丈のふわりとした水色のワンピースに違和感があった。風紀係の顧問であるというのも、彼女にぴったりだった。授業を進める彼女の口調や笑顔から、威厳と優しさが伝わってきた。授業中、彼女の顔を穴のあくほど見つめ、うなずいたり、微笑んだりした。すると彼女の方も、わたしにだけ話しかけてくれているように思えた。自分で落とした消しゴムを拾う彼女の姿がまた人間くさく感じられ、親近感を抱いた。

二年の三学期から国語係になった。授業の前に、職員室まで先生を呼びに行ったり、伝達事項をクラスに持ち帰って伝えたりする役目だ。

もともと国語は好きな科目だったが、先生に注目して欲しいばかりに、俄然張り切って勉強した。クラスメートとの関係を結ぶのが苦手だったわたしがそれなりに学校へ通えたのは、先生に会いたい一心と、がんばればテストの点を上げることができたからだった。認められる場所がわずかながらあったのだ。自習や予習は完璧にこなし、やっていないクラスメートが彼女から叱られているのを見ると、優越感でいっぱいになった。試験の成績に一喜一憂し、ちょっとしたミスが許せなかった。

何がきっかけだったのか、彼女が笑いながら男子生徒の頭を軽く小突いて、「こらあ」と言った時には、その生徒に猛烈に嫉妬した。修学旅行では、往復の新幹線の中で先生とツーショットの写真を撮ったり、おしゃべりしたりしている生徒を見ると、いじけた。

　秋には、三ツ沢公園陸上競技場で市立中学校の体育大会が行われた。帰りの電車の中で、わたしたちに向かって大木先生が、「ほら、立ってないで。先生の隣に座ったら」と声をかけてくれた。すぐにでも座りたかったが、図々しいと思われそうでもじもじしていたら、「ほら、いいから早くお座んなさい」と彼女が再び促した。結局わたしが先生のすぐ隣に座ることになったが、それだけで幸せだった。お座んなさい、という言いかたも、古い映画の中で原節子あたりが口にしそうな、上品な言葉と思えなくもない。

　教科書の朗読や暗唱をするようにと指名されただけで、彼女がわたしの声を聞くのかと思ってワクワクした。「よく覚えていますね」などと褒められたらなおさらである。褒められたのが、自分と次の人だけだったというそれだけで盛り上がった。わたしへの特別な感情など彼女には全くなく、ただ単に教師から生徒に対する感想だったにせよ、十分うれしかった。

「予習してる人、手を挙げてみて」と言われ、それが自分を含めて五人だけだった時には、永久に名前を覚えていてくれるのではないかと思うほどだったが、授業の進めかたの参考にするために、ちょっと聞いてみただけなのかもしれない。

　定期試験のたびに、試験監督は誰なのか、担任が欠席すると、ホームルームには代わりとして誰が来るのかは重大な関心ごとだった。

褒められることだけがうれしかったわけでもない。

国語の授業が始まる直前、文法の教科書を忘れたわたしは、別のクラスの顔見知りに借りるため、廊下を急いでいた。教科書を手に自分の教室に戻ろうとすると、そこで大木先生に鉢合わせした。「しまった！」。しかしそこで動じるふうを見せず、努めて平然を装ってすれ違った背後から、「あ〜」という彼女の声が聞こえてきた。振り向くと案の定、こっちを見てひどく笑っている。そして授業が始まるや否や、彼女曰く「一生懸命文法の本を借りてた人もいたようだけど、今日は文法の授業はしません」。明らかにわたしを指して言っているのだが、それでもワルイ気はしなかった。

ある日、読書ノートが戻ってきた。開いてみると、「ぜひあなたも学校を『勉強する場』だけにしないで、積極的にがんばってください。わたくしも応援したい心境です」とあった。〝わたくし〟とは、いかにも彼女らしい言葉遣いである。本の著者のように、自分から先生や知人に接することができる積極的な人がうらやましい、というようなことを書いたのでその感想だった。わたしの引っ込み思案を理解してなにかしら書いてくれるのではないかと思っていただけにうれしかったが、「心境です」という言葉に少し引っかかった。素直に喜べないものがあった。心配してくれていたようにもとれるが、あの生徒、お勉強ばっかりして……というような目で見られていたのだろうか、それが時を得てのアドバイスとなったのだろうか。

先生に認められたくて勉強に、特に国語の勉強に励んできたのに、報われないようでもある。そもそも、そう易々と積極的になんぞなれないのである。もしもわたしが勉強をさぼってばかりいる生徒だったら、「学校は勉強する場ですよ」とたしなめられただろう。学校は、あれもこれもとバランスの取れた人間を育てるところなのかもしれない。

そのあとすぐに行われた中間テストの時のことだ。「学年の最高点は九十六点だってさ」と別のクラスから伝わってきた。もしやそれは、と思っていると、「森山さんはどこ間違えたんだ〜、惜しかったね」と言いながら大木先生がテストを返してくれた。点数を見ると九十六点である。そして答え合わせのあと、「一組から四組までの最高点は九十六点で、森山さんです」と皆さんの前で名前まで公表してくれた。もう鼻高々である。先日の自信のない感想文のことを彼女は覚えていてくれたのだろうか。こんな晴れ舞台があれば、やはりわたしにとって学校は勉強する場になってしまうのである。でもそれでいいじゃないの。当時の飛び上がらんばかりの高揚した気持ちやうれしさは、今でも容易に想像できる。

だからこそ、ちょっとした失策もまた、致命的に思われた。

再び国語のテストが返された。その答え合わせの時に彼女が言った。

「ここの問題、全部合ってた人、確か、ひとりかふたりぐらいしかいなかったんだけど、ここのクラスでそういう人いる？」。わたしはまさに〝そういう人〟だった。しかし、手を挙げるように言われているわけではない。まごまごしていると、「じゃあ、一問、間違えた人は？」と次に進み、結局そこで手を挙げた人がクラスで一番ということになってしまった。

そして悲劇は続く。「じゃ、宿題をやってきた人、手を挙げて」と先生が言った。わたしはもちろんやってきていた。が、一番前の席だったので、後ろの様子がわからない。振り向いてから手を挙げるのもわざとらしい。シーンとした空気に、誰もいないのかも……などと躊躇していると先生曰く、「三人だけ？　よ～し、それならこの三人、よおく頭に入れとこ」。

ああ、嘆かわしや。その時の無念や悔しさはよくわかる。こういう性分は、ずっとあとになっても変わらない。大人になってからの過剰な完璧主義は、こうした失策を重ねた結果の、忸怩たる思いから成り立っているのだろうか。今考えれば、せっかく出した宿題をやってきたのがたった三人と知って、先生の方こそ無念だっただろう。

三年も終わりに近づくと、受験一色になる。

三学期になってやっと親しい友達ができたわたしは、中学校を卒業したくなかった。先生とも別れたくなかった。本来はおとなしくなどない自分が、良くも悪くもその本性を表すことができるようになり、クラスにもようやく、最後の最後になって馴染み始めていた。国語係として職員室に出たりはいったりして、大木先生に話しかけるのを無上の喜びとしているのは相変わらずだった。わたしが彼女の動向を注視しているぶん、先生もまたこちらの言動に注目しているように感じられた。

今でも、コンビニや書店に行くと、「あの女は万引きするかもしれない」と見張られているような気がすることがある。優柔不断で、買うか買うまいか店内をうろうろするからなおさら怪しい人になる。そのため、商品をよく見えるよう敢えて高らかに振りかざし、「今、お金を払いに行っていま～す」というのをアピールしながらレジに向かう。そういう自意識過剰がこの頃から満載だった。

公立高校の合格発表の日がやってきた。

わたしはいわゆる冒険ができないたちだ。自分の偏差値と相談して臨んだ入試だった。高校に着くと、合格者の受験番号と名前の書かれた紙がちょうど張り出され始めていた。受験番号三番。自分の名前が透けて見えた。受かっていたら五回、落ちたら二回、家の電話のベルを鳴らすという取り決めをしていたので、近くの公衆電話に走った。

その日か翌日だったか、大木先生に報告すると、「よかったね。でも落ちた人もいるから、そのへん配慮して」と言った。まるで、わたしが落ちた人の前で喜ぶ人みたいではないか……。しかし図星だった。これみよがしに自慢したりしなくても、そうした配慮に欠ける人間であることを、先生は見抜いていたのだ。主任の立場ということもあり、不合格だった生徒のことで頭がいっぱいだったのかもしれない。しかし、一番喜んでもらいたい人に純粋に喜んでもらえなかったような気がして、膨らみに膨らんだ風船が一気にしぼんでしまった。顔見知り程度だった社会の名取先生が、「受かった！」と言って、手を固く握ってちぎれんばかりに振ってくれた。

その日、二年の時の担任だった理科の伊藤先生に、友人と報告しに行った。荒々しいところがあるが口下手な彼が、心から喜んでくれているのがわかった。職員室を覗くと伊藤先生が帰る支度をしていたので、偶然を装って友人と三人で並んで帰った。こんなふうに、麗子先生や串本先生、大木先生と並んで帰ることをどれだけ思い描いていただろうか。なんとも思っていない男性教師とだったら、たわいもない話をしながら一緒に帰ることができるのに。

卒業式の日、フェルト人形と、トイレットペーパーを入れるカバーを大木先生に贈った。いずれも手作りだ。不器用なわたしの渾身の作であった。同封の手紙に「二年の時から大好きでした」と書いた。同性の、しかも三十歳も年下の女の子からそんな文面の手紙を受け取ってどう思っただろうか。この年頃によくある、いっときの憧れと流していて欲しい。

卒業する時に友人や先生にサイン帳に何か書いてもらうというのが当時の定番だった。そんな手紙を書いたからだろうか。意識し過ぎてしまい、大木先生にサイン帳を手渡すのも取りに行くのも結局は友人頼みになり、そのことをまた彼女はどう思っているだろうかとくよくよ考えた。ひと月ほど経ってやっと戻ってきたサイン帳には、「武者小路実篤の『真理先生』、ああいう文章に共感できる人になってください」とあった。わたしの欠点をズバリ指摘している箇所もある。都合のいいことばかりを想像していたために、それはかなりの期待外れであった。もちろんすぐに『真理先生』を買った。先生の日頃の言動が、武者小路実篤の影響を受けていることが理解できた。わかりやすい文章だったが、先生の言う意味で共感したとは思えない。あの先生がおっしゃるぐらいだから、そう易々と理解できるような内容ではなく、もっともっと奥深いものを秘めた文章なのだろう。

卒業してから、先生に年賀状を送った。

返事には、「いただいたもの、大事にしています」と書かれていた。

年度初めに新聞に掲載される教師の人事異動で、彼女が同じ区内の中学校の校長先生になったことを知った。さもありなんという人事であった。

今もお元気だろうか。御健在ならば九十歳を超える。


話は前後するが、三年に進級したその日、担任の発表があった。わたしのクラス担任は、その仕草から、「ジロカマ」というあだ名のついた美術の先生だった。発表されるや否や、エーッという声が一斉に上がり、ジロカマがにやにやしながら一歩前に進み出た。家庭訪問の日、これがジロカマなんかではなく、数学の栗原先生だったらどんなによかったかと未練がましく思った。栗原先生も大木先生と同じ年頃の、頭に大きなおだんごを結った女性であった。男の子ふたりの母親でもある彼女は、さばさばとして気さくだった。

同級生とふざけていたわたしが、大きな三角定規を持った栗原先生とぶつかりそうになり、「あぶない！」と言ってくれたそれだけで、彼女が人間味のあふれた人のように思えた。わたしがちょうどメガネをかけたのを見た彼女が板書しながら、「見える？」と聞いてくれただけで、それが彼女の思いやりの象徴のように感じられた。

問題を解いている最中、見回りに来た彼女が、「こうはならないよ～」と書きながら説明してくれたその文字を切り取って、その日の日記に貼りつけておいた。

ある日、栗原先生が教室にはいってくるなり、「貸して」とひとこと言って鉛筆を手に取って、わたしの机の上でなにやら書類を書き始めた。先生との距離は二十センチにも満たない。至近距離でまじまじと彼女を眺めた。その後、「サンキュ」と言って鉛筆を返し、書類を机の上に置いたまま授業を始めてしまった。先生に話しかけるチャンス到来である。書類を忘れて教室を出ようとする先生を呼び止め、両手がふさがっていた彼女の手の上に載せた。「ありがとう」。そのひとことで大満足。だから、嫌な学校も来ないではいられないと思った。たまたまそこの席だったというそれだけなのに、本当におめでたい。指を傷めたらしく、指先にゴムのキャップなんかしているのを見ると、遠い存在の先生が急に身近に感じられた。授業が終わって取り巻きたちに囲まれて楽しそうに話しているのを自分の席から眺めた。その中にはいる勇気はなかった。数学の点数が悪いと、先生の期待を裏切ったような気がした。

　自己顕示欲が強いのにそれをオモテに出せないために、構われたくて注目されたくてしかたがなかったのだと思う。せいぜい、テストの点数を上げるといったその場限りで地味なものばかりだったから、それが不満だった。目立てばそれでよかったのか。それが必ずしもすばらしい業績を残したという類のものではなくても……。

　三年の秋、クラスメートが美術の時間中に彫刻刀で指の先を切った。指先というのは、ただでさえ血が止まりにくい。英語の先生が「大変、大変」と言いながら彼女を連れて保健室に駆け込み、それでも止血できなかったのか、栗原先生が自分の車で近くの外科医院に連れていった。教師としての立場からそうしたのであっても、その級友がにわかに脚光を浴びたように見えた。外科から戻ってきた彼女は、手首から手のひら、親指にかけて包帯を巻いており、それがまたどういうわけか、かっこいいのであった。

体育大会が近づいた日のこと。棒倒しの予行演習があった。

直径十五センチ、長さ三メートルほどの丸太ん棒を真ん中に立て、片方のチームがその棒を倒そうと飛びついて、押したり引いたりする。そしてもう片方が、倒されまいと踏ん張る競技で、敵も味方も入り交じって揉みくちゃになる。わたしは攻撃側であった。棒が倒れてひと息ついていると、なんと倒れたはずの棒が、わたしの頭を直撃した。ガツ――――ン。猛烈な痛みに思わずしゃがみ込んだ。するとそばにいたみんなが周りを取り囲み、先生たちもやってきた。「しばらく休んでいたら。脳震盪が云々……」と言う先生あり、また、「いい音がした」などと冗談半分に言う先生あり。指を二本立てて、「これ何本に見える?」といういい加減な質問もあり、皆さん、勝手なことをてんでんばらばらに言いさざめいている。先生にしてみれば監督責任がある。大したことがないと思いたかったのだろうか。そこへ大木先生がやってきた。頭を抱えているわたしを見てひとこと、「森山さんかあ」と言って向こうに行ってしまった。「わたしなら、なんだというんだ!」。確かに、鮮血がドバァッとあふれるほどの派手さはないが、一応頭である。それにすっごく痛かったのに。

翌日、名札を買いに職員室に行くと、大木先生が、「森山さん、昨日、頭だいじょうぶだった?」と聞いてくれた。元気よく「はい」と答えると(ここで元気よく答えるから、あっさりあしらわれるのである)、「よっぽど石頭だったんだね」と彼女。それを聞いていた名取先生も横合いから、「頭打って、顔の方もよくなったんじゃない? 今日、美人に見えるよ」だの、「本番の時は顔を打ったら？」などと言ってきた。今だったらあるまじき大問題発言である。教師の目の前で起こったことなのに、責任を棚に上げて笑い飛ばしている。それなのにわたしときたら、冗談にでも構ってもらって喜んでいる。「昨日はだいじょうぶだった？」という大木先生の言葉を家に帰ってからも反芻したりしているのである。

いよいよ体育大会本番。棒はわたしの〝事件〟を受けて、短く細いものに変更されていた。先生も慎重になったのだろうか。大木先生が棒の下敷きになった人のもとにすぐさま駆けつけて、抱き起こしている。待遇のえらい違いである。わたしも下敷きになって抱き起こされたい……。そう思いながら棒に向かって突進するのだが、勢いが激し過ぎるのか、なぜか棒は反対側にばかり倒れるのであった。

学校中が一丸となって、この大会を盛り上げようと応援合戦が行われている。そのどよめきの中、わたしは先生に抱き起こされたり、こちらから話しかけたりする場面ばかり想像して、じいっと座っていた。ひとり浮いているそのことよりも、はたからどう見えるかだけが気になって、いたたまれない思いがした。

こういうイベントで先生の注目を浴びるのは、運動神経がいい生徒、またはけが人だ。体育大会の花形は、明るく思いやりもあり、性格もよさそうに見える。

わたしはドラマのヒロインが苦しむ場面が好きだった。演じる女優が嫌いなわけではない。むしろファンなのに、危険な目にあったり、大けがをしたりする設定が好きだった。女刑事が殴られて気を失う場面が予告編で流れると、放送日を心待ちにした。他人の不幸を喜ぶたちなのか、それとも彼女たちと自分を同一視していたのか。

日直が書く反省ノートに、「教室のドアが固くて先生がはいってくるのに苦労する。おもしろいけど直した方がいい」と書いたことがある。当時放送されていた「どっきりカメラ」のようなおもしろさだったかもしれない。担任のジロカマが読んだのはどうでもいいとしても、それが彼の口から大木先生の耳にはいり、あきれられたのではないかと気を揉んだ。

人を好きになるきっかけも、好きであり続けるできごとも、ほんの些細な言葉がけや仕草だった。反対に、嫌いになるきっかけも、例えば、準備もしていないのに急に授業中に指名したからとか、こっちをにらんだとか、冷たい言いかたをされたとか、手前勝手な理由だった。悲劇のヒロインが好きなのに、彼女をいじめる役割だからというただそれだけで、相手役の女優を憎んだ。好きも嫌いも、ひとり合点と勘違いから成り立っているのである。

他人の言動を自分に結びつける癖は、好きな相手の場合だけではなかった。

ジロカマが卒業式の練習日に、「三学期は内申書も関係ないし、地が出てくる。それなりに自分を表そうとしてるんだろうけど……。つくり装った自分というものは、先生たちだってだてに年を取ってるわけじゃなくて、ちゃんとわかるんだからな」とみんなを前にくどくど説教を始めた時は、自分に矛先が向いているのだと思った。すっかりクラスに打ち解けていたわたしは、調子に乗り過ぎていたかもしれない。入試や中学卒業、高校入学を控えて、気持ちがたかぶっていた。その場に慣れるのにいつも時間がかかり、やっと居場所に思えてきた頃に、お別れの時がやってくるのである。

あれだけ先生のことを追いかけ回していたのに、わたしは彼女たちのことをなにひとつ知らなかった。知ろうともしなかった。中学校教師の残業時間が問題になっているが、当時も夜遅くまで残って、明日のプリントを刷っていたのだろうか。パソコンなどない時代だ。手書きの作業は効率も悪かっただろう。エレベーターもなかった。四階の教室まで階段を上りきり、ひと息つく間もなく授業にはいる。「ああ、座りたい」と思ったことなどしょっちゅうかもしれない。そういえば、先生が授業の途中で腰をかけたり、トイレに行ったりしたのを見た記憶がない。先生というものは、最初から最後まで前に立って授業をして、鐘が鳴ったらあたりまえのように帰っていく、そういう存在であった。美化するか、こきおろすか。関心があるとすれば、彼女たちの瞳に映る自分の姿だけだった。

卒業してすぐの頃だ。友人とふたりでアイスクリームを座り食いししていた。伊藤先生の家に遊びに行く相談をした帰りだった。なにげなく後ろを振り向くと、道ひとつ隔てた向こう側を、上下紫色の派手な女性が歩いている。栗原先生みたい……と思っていると、こちらに向かって手を振った。すると友人が、「ああ」と言ってそちらの方に駆けていった。栗原先生は彼女の担任だったのだ。

先生は彼女に「遊びに来なさい」と言った。こちらの方は全く見もせずに。「無視された」。そう思った。何か月か前までは先生に夢中だったのに。

その友人は言った。

「嫌われてる、嫌われてるって思って避けてたら、相手は別に嫌ってるんじゃないのに、避けられているから自分を嫌いなのかなって思っちゃうよ。心を開いて話し合うことが大切だよ」と。

当時ほぼ毎日書いていた日記を読んでいると、五十年近く経ったのに、相変わらずな自分にあきれてしまう。普段は忘れていても、ああ、そういえばこんなことがあったと簡単に蘇ってくることもある。それだけでなく、先生ひとりひとりの声や顔に息が吹き込まれて、目の前にいるように感じられる。「グッドモーニング、エブリワン」で始まる英語の先生の口振り、花壇か何かの面積を計算するのに、「花の面積……」と言い間違えて、思い出し笑いをしていた栗原先生のさもおかしそうな顔、身をくねらせながら話すジロカマの姿や、にやにや笑いなんかも。先生のことにばかり気が向いて、申し訳ないことに当時はありがたみを感じなかったクラスメートの甲高い声や、一緒に行動した時の様子なんかも、彩りを添えて浮かんでくる。

先生に嫌われていると思っていたわたしに心を開いて、とアドバイスしてくれた友人は演劇部に所属していた。舞台の上の彼女は、こちらが照れくさくなるほど感情表現も豊かで力がこもっていた。ずっと演劇を続けているだろうか。それとも、父親のあとを継いで医師になっただろうか。彼女だったら、自ら劇団を旗揚げして地方を巡業しながら、主役を張っているかもしれない。

ずっとひとりぼっちだと思っていたのに、誰かしら、わたしの周りにいた。救急救命士のような人が文字通り、体を支えてくれながら歩くというような状況にばかり憧れていたが、ただ横を歩いていてくれたというそれだけで、もっと言うと、「そこに行けば会えるだろう」という期待や予感、存在そのものにずっとわたしは支えられていたのかもしれなかった。

長い間忘れていたが、退職する間際に串本先生が生徒を前にして言った。

「何か自分にしかできないものを、今から大事に育てていってください。将来、きっとそれを伸ばしてくれる人に巡り合います。必ずそれは役に立ちます。誰々さんよりいい点取ったとか小さなことで喜ばないで、誰にもまねできないものをきっと育ててください」と。

その時は、何を育てていけばいいのか、自分にしかできないものはなんなのか、さっぱりわからなかった。当時続けていたことといえば日記だった。それは幼稚園の絵日記が始まりだった。ピアノもお絵かきもお習字も長続きしなかったが、日記だけは続いた。代わり映えのない日常でも、ひとりよがりな感情的な文章でも……。

二

三十代後半、わたしはひとりの医師に出会った。きっかけは、橘由子さんの著書『アダルトチルドレン・マザー』だった。婦人向け雑誌の小さなコラムに彼女の手記が載っていた。何か引っかかるものがあったのだろう。そこから彼女の著書に導かれ、アダルトチルドレンという語彙を知ることになり、彼、斎藤医師の開業したクリニックへとつながったのである。

クリニックのデイナイトケアプログラムに、彼の名前をつけたミーティングがあった。メンバーがひとりずつ前に出て、制限時間十分ほどの間に、みんなの前で自分の話をする。それは子供の頃の話だったり、現在抱える問題だったり、これから取り組んでいきたいことだったりと、さまざまであった。わたしはあらかじめ、きちっと原稿を書いてそれを読み上げた。書いてきたものを読むとなるとどうしてもタイムラグが生まれる。その時、その場で感じていることを話した方が臨場感をもって伝わりやすいのだが、アドリブが苦手だった。原稿ができた日は、いわゆる〝通院〟とはかけ離れたうきうきした気分で、七人(十人の時もあった)の枠にすべり込むために朝早くクリニックに来た。受付の名簿に名前を書いて話す順番を取るのだが、一番目はもちろん重圧に耐えられそうにない。しかも、部屋にはいってきたばかりの先生の席がまだ温まっておらず、話を聴く態勢が整っていない。そのせいか、そこは空欄であることが多かった。さりとて、三番目、四番目というのは席が温まり過ぎて、視界ギリギリのところに船をこぐ先生の姿が映る。「ここ！ ここからが、大事な話なんですけど」と話しながら、気もそぞろになる。とりを飾ろうとすると、最後まで緊張感を引きずることになる。ステージにでも上がる気分さながらだった。

斎藤医師は、本を出版するようにと、人の顔さえ見れば何度もお尻をたたいた。わたしはテストの点以外にも、関心を持ってもらえることがあるということを初めて教わった。わたしの最大の欠点であるイジワルさでさえ先生は掬い取って、それはものを書く上での大事な素質であると言ってくれた。何か自分にしかできないものというのは、マスコミで騒がれるような派手なことでも、表彰台に上るようなことでもなく、自分の机の上にある一冊のノートであった。

村山医師の退職後、新たに担当になったのは、わたしよりもひと回り近く年上の深沢医師だった。患者を呼ぶために待合室に顔を出す姿は、バレリーナの森下洋子さんを思わせた。明るく気さくなイメージとは裏腹に、どこか陰も感じられる女性であった。治療者とのマッチングをみる初診のあと彼女は、「よかったらまたいらっしゃいね」と言った。わたしもまた、「よろしくお願いします」と深々と頭を下げた。初めの出会いはいつもこんなふうにあっさりと儀礼的なものなのに、あとになってから染みてくる。気づけばやはり、彼女に惹かれ始めていた。彼女の診察を心待ちにするようになった。

ある日、わたしは斎藤医師にメールを送った。

「今、不幸なのは太っているからで、がんばって痩せたら幸せになれる、という考えを捨てなさい」という彼のコメントがきっかけだった。わたしは当時、食べたり吐いたりといった摂食障害を抱えていたわけではなかった。しかし、根っこの部分は同じだったのだと思う。

木曜日（それは深沢医師の診察日だった）、診察に臨む姿勢と気合といったら半端ではなかった。

服装から話す内容まで準備万端。頭の中の原稿用紙には、話したいことが抜かりなく書き込まれている。五〇一号室から、「森山さ～ん」と呼ぶ彼女の涼やかな声を聞く瞬間のために、わたしは生きているような気がしていた。これだけ完璧な姿勢で臨んだのである。それに見合う弾んだ会話、盛り上がった話題を頭の中で勝手に想像し、その通りにいかないと失望感でいっぱいになり、涙目で帰宅した。期待という名の幻想に振り回されるのである。そういう意味で、わたしは食べ物ではなく、言葉の食べ吐きをしていた。彼女からの言葉を、期待したのと違うと思えばよく味わいもせずにペペッと吐き出し、もっとおいしいものをくださいと貪欲に求め、そしてまた思い通りの言葉ではないと吐き出す——。

ぽっちゃりとふくよかな女性（深沢医師はまさにぽっちゃりだった）を抱くためには、スリムでい続けなくてはいけないとも思っていた。自分次第で相手をどうにかできると思い込んでいた。これみよがしにガリガリに痩せている人をクリニックで見かけては、「どう見たって痩せ過ぎだわ！　鏡見てごらんなさいよ」と腹立たしかった。四階の受付ではしっかりとした足取りだったのに、診察室のある五階に上がったとたん、杖にすがってよろめいている人を見ると、うらやましさが加わった。わたしも「今のわたしじゃダメ」というメッセージに溺れている点では、全く同じだった。

診察中、ドアを蹴破って突入してきた者にわたしが人質に取られる、先生からカルテをむしり取って五階のベランダから投げ捨てる……。自分にそうした話題性がないと、相手に関心を持ってもらえないと思っていた。ベランダの下はコンクリートだ。途中、引っかかりそうな木も生えていない。

十階から飛び降りても、フェンスにバウンドして一命をとりとめる人もたまにはいるようだが、まずは助からないだろう。そうすると、人々がわらわらと集まり、先生が慌てふためいて脈を取るといったような周囲の反応と成果をこの目で確認することができない。しかしカルテは自分の分身でもある。もしこれが放り投げられたら、管理責任のある先生はそうとう動揺するに違いない。彼女から罵倒されるという形の関心を得られるかもしれないと思った。

消防車が集まってくるのを見たくて火を放つ人と同じだ。自分がやったことの成果をひとりのやじうまとして確かめたいのだ。何度も火をつけるのは、おもしろいからではなく、何度やってもそれが、満足感や本当に欲しいものを与えてくれないからだろう。

斎藤医師曰く、依存症の人はその場だけを生きるのだそうだ。わたしの思い描く場面もそれと同じかもしれない。お祭り騒ぎはほんの一瞬のできごとだ。あとに続くのは、ホースの水で血痕を洗い流したり、遺体搬送をしたりといった厄介で単調な事後処理である。そうしたことにまで目を向けないので、ストーリーとして続かない。テレビを見ていて、コマーシャルや退屈な場面になるとチャンネルをすぐに替えて、ハイライトシーンだけをつまみ食いするようなものだ。しかし一方では、好きな人の体と関心をむさぼりたい、相手のすべてが欲しいという気持ちも自然な感情ではないかとも思っていた。

妄想が現実を乗っ取り、自分の現状を否定していた。コンクリートに投げ出された血だらけの手、快楽を極めて布団に投げ出された手、蹴破られたドアの下敷きになった手……とりとめのない場面で頭の中はいっぱいだった。例えば職場で、隣の同僚に腹を立てて鑿（のみ）と槌でぶんなぐりたくなった時、家で昔の感情を思い起こさせるできごとに直面した時、するりとそんな場面に逃避したくなった。他人への期待という幻想に振り回されたくないのに、それを手放したくもなかった。

「わたしが本当に望んでいるのは、脚光を浴びることでもなく、消防車を集めることでもなく、（飛行機の）タラップの下で、スイカにかぶりつくようなキスをして、視聴者の涙を誘ってみることでもなく、ただ抱かれたい人に抱かれ、抱きたい人を抱きたいという、それだけなのです」

そんな文章で終わる、今、読み返すと恥ずかしくなるような、長いメールだった。それに対して斎藤医師は、「大変面白く読ませていただきました。あなたはもう先生に抱かれている（あなたが抱いている）と思います。欲望こそ現実なのですから」と返事をくれた。

離婚して実家に戻り、家と職場を行き来するだけの生活を続けている頃だった。花のひとつもない人生に、彼は意味を与えてくれた。実際に相手と寝ることだけが大切なのではないと。人を恋い慕う感情そのものに意味があるのなら、相手が男性でも女性でも同じである。彼はそう言ってくれたのではなかったか。

トイレ休憩から戻ってきた深沢先生がこちらを見て、「次はあなたの番よ」、というように手招きする姿には、役割を越えた親しみが感じられて胸が躍った。包丁で切ったのか、人差し指に絆創膏が巻いてあったり、昼休み、スーパーの袋を重そうに提げてクリニックの階段を上る彼女の姿を見かけたりすると、その背後で食事の支度を待っている男の姿がちらついて、複雑な心境だった。

前の患者が診察を終えて出てくる。

「カチャリ」。わたしはドアの開くその音を愛していた。「何かいいことが起きるのではないか」。ドアをノックして、中から担当医師の、「ほ〜い」という声が聞こえた時、深沢先生が顔を出して、すがすがしく快活な声でわたしの名前を呼んだ時、その期待は絶頂を迎えた。しかし彼女たちが顔を上げてこちらをちらりと見た時、あるいはわたしが椅子に腰かけて話し始めた時、どうでもいいことを口にしようとしている気がしてきて、幻想はあっけなく崩れ去る。寂しいから来るのに、来ると余計に寂しくなった。

夜、七時過ぎ、クリニックのプログラムに珍しく最後まで出席したわたしは、ひとけの少なくなった建物から表に出た。夏場のこの時間は仄明るく、東京タワーはまだ点灯していない。去りがたい気分で、斎藤医師の事務所がある隣のビルの窓明かりを確認してから駅に向かう。彼にせよ、主治医にせよ、時間外は〝よその人〟になってしまう現実が寂しかった。帰りの地下鉄のドアに映ったわたしは、童顔ながらもそれなりに小皺のできた中年女で、そのことを認めるとたくさんのものを失ったような気がした。

斎藤医師が「それじゃあ、また」、とミーティングの終わりを告げる。わたしはこの声を聞くと、果たしてこの時間を十分味わって過ごしただろうか、というような、取り返しのつかないような気分になった。そのことを彼に話したあとのミーティングでは、終わりのセリフがいつもと違っており、わたしとの会話を思い出して敢えて言葉を変えてみたのかもしれないと思った。誰かにとっての特別な人でありたいと願う気持ちがそれだけ強いのかもしれない。

出会ってから一年ほど経った頃だろうか。わたしは深沢先生のホームページを知ることになった。きっかけは、「わたしのお気に入りのサイトなのよ」と先生が教えてくれた、地方都市で工房を営む夫婦のホームページだった。夫婦の人柄か、工房の掲示板には、入れ代わり立ち代わり多くの人が書き込みをしていた。先生も常連のひとりらしかった。新しい訪問客を分け隔てなく歓迎してくれる雰囲気に誘われて、わたしも毎日のように書き込みをするようになった。この中に先生がいると思うとなおさら夢中になった。

自分でもホームページを作って読んでもらいたい。そう思うまでに時間はかからなかった。ソフトを買い、ああでもない、こうでもないとデザインを選び、全体の構成を考え、接続の設定をした。開設したことを工房の掲示板で報告すると、そこで知り合った人たちが次々とホームページを訪問してくれた。あまりのうれしさに、その夜はなかなか寝つけなかったほどだ。

「開設おめでとう。わたしのホームページにも是非いらしてね」

そのうちのひとり、カレンさんという女性が書き込みをくれた。掲示板でよく見かけていたハンドルネーム……。

それが先生だった。

治療者と患者がネット上で個人的にやり取りするのは、好ましいことではないと薄々感じてはいた。しかし禁断の関係にあるということが、相手を美化し、関係性そのものを神秘化し、そのあいまいさにわたしは傷ついてもいた。

活字は一方的に心の中に侵入してくる。その場で真意を確かめたり反論したりすることができない。自分と同じ立場の患者が先生のホームページ上で親しげにやり取りしている様子や、異性を誘うような文面を目撃するたびに、なまなましい感情――嫉妬や羨望、怒りさえ掻き立てられた。自分とは別の世界を持つ彼女を受け入れがたかった。彼女のホームページを開く手はいつもすくんだ。無難であっさりした文面を読むとほっとした。ネット上とはいえ、生身の人間関係と同じだ。自分の文章を読んで欲しければ、相手のそれも受け入れる必要がある。なんとか文章をひねり出し、掲示板に書き込むと、ひと仕事終えたような気がした。背景には、哀愁を帯びたハープの音色。スクロールするにつれて、闇夜を思わせる黒い壁紙に白い文字が流れていく。明るい蛍光灯の下で見る先生とは全く違う彼女がそこにいた。

深沢医師の外来は四年以上続いた。クリニックを退職した彼女から、新たに開設したブログの御案内が届いた。開業予定のクリニックの宣伝を兼ねたブログは、これまでのようにハンドルネームではなかった。いきなり現実味を帯びた内容にわたしはとまどっていた。「開業にあたり、会っただけでホッとくつろげるような医師でありたい」という宣伝文句を読むと、複雑な思いがした。いつまでも虚構の世界にとどまっていたのが、急に置き去りにされたような気がした。彼女は未練もなく、するりと現実の世界に飛び移って、そこで主役として前に進んでいた。

彼女が必要としていたのは、わたしと同じ、賞賛の声、羨望のまなざし、そして観客だったのだろうか。わたしは彼女が言うところのカタルシスのはけ口となっただけなのだろうか。

斎藤医師のカウンセリングで、わたしはさんざっぱら彼女のことをこきおろした。彼が共感してくれるのをいいことに。老人医療に力を入れるらしい彼女のことを、「じいさん、ばあさんがお似合いよ！」などと毒づいた。深沢先生のことを話している限り、彼女のことを手放さずに済んだ。彼女はいなくなってしまったが、目の前にしている時よりも、その存在を身近に感じることができた。日々の無聊の責任を彼女におっかぶせるような発言であったとしても、彼女のことを話題にし、「深沢先生」という単語を発音することに酔っていた。話すことは手放すことではなく、近づくことだった。

どんなにののしっても、彼女に未練があり、そして彼女が好きだった。「森山さんってわたしとの関係をどうにかしようとしているみたいなのよね。人の気持ちをコントロールすることはいけないことよ。それだけはわかってね」。診察室で彼女にぴしりと言われた言葉は、こちらの下心を見透かされたようで冷たく刺さった。それなら、あんなに親切にしてくれなければよかったのに——。「勘違いもいいとこ！」。即座にそう言い返せなかったことを当時の自分のために残念に思うが、今だからそんなセリフも浮かぶのである。

「サービス業」。そういえば、彼女のホームページのプロフィールにはそう書かれていた。サービスの一環として、彼女はわたしに付き合ってくれていただけなのだろうか。顧客のひとりとして。

だったら退職した今となっては用がないのも当然だ。そんな最後の皮肉も彼女にはもう届かないのだった。

しかし、本当は心のどこかで、彼女の診察が終わって解放されたような気がしていたのかもしれない。どんなに言葉を貢いでも、彼女は神秘のベールをかぶったまま、一向に出てこない。前にも後ろにも進まない医師と患者関係の持つ限界に、原稿用紙のます目を埋めるだけの虚しさに、気づき始めていた。いつか、慎重に築いてきた言葉の壁が色あせひび割れ、こちらの本性を知り尽くされて飽きられるのではないかと恐れていた。短気でキレ易いと自己申告する彼女の方の本性を、その前にあばいてやりたいという悪意を持て余してもいた。彼女の気に障ることを言ったりしたら、ホームページに来てくれなくなるのではないか――。そういう意味では、ホームページを人質に取られているようでもあった。

彼女を勝手に舞台の上の人にしたのはわたしの方だった。しかし本当は、誰かが主役を演じる舞台の観客になりたかったのではなかった。深沢先生には、わたしの演じる舞台の観客になって欲しかったのだ。彼女を観客席に引きずり降ろしたいと思ったその時から、関係性は終焉を迎えていたのだと思う。

二〇一五年、十一月。中島みゆきコンサート「一会」の幕が開いた。

彼女のコンサートに足を運ぶのはこれが初めてであった。開場時間の五時三十分には、入場待ちの人々がロビーいっぱいに膨れ上がっていた。グッズ売り場にも人だかりができており、入場制限までしている。フランスで起きたテロのあとだからだろうか、ガードマンらしきいでたちの、体格のいい男性たちが案内している。物腰は丁寧だが、さりげなく客をチェックしているのがわかる。販売されていたプログラムに目をやると、三千二百円也。「たかっ！」心の中でつぶやく。「コンサートで歌う曲目が収録されています」と、スタッフが声高に宣伝していたが、関係のないチラシをどっさり配るよりも、一枚ペラでもいいから曲目を書いた紙を全員に配って欲しい。しかし、そうした安価なレベルに落ち着かず、わたしたち庶民に媚びないところが、彼女の価値をよりいっそう高めているのかもしれなかった。

開演時間六時半。ブザーが鳴る。さざめいていた客席が静まる。舞台の一部分が明るく照らされ、仕切りの下からハイヒールが覗く。一斉の拍手。二階席なのでオペラグラスが欠かせないのが残念だ。衣装を替えるたびに上から下まで舐めるように見るのだが、どうしても臨場感に欠ける。表情ひとつとっても、ライトの具合で見えづらいこともある。

「ああ、あの一階のかぶりつきのあの席で、見上げるようにして彼女を見たい」

朝ドラの主題歌「麦の唄」から、「命の別名」「旅人のうた」まで、知っている曲だと気持ちもいっそう盛り上がる。一曲ごとに感情が掻き立てられる。息継ぎのかすかな音さえもゾクゾクとさせる。

コンサートが中盤にさしかかる。歌を歌えば喉も渇く。一曲か二曲歌うごとに、ペットボトルに手が伸びる。心なしか、ＣＤで聴き慣れた歌声よりも、息が続かなくなってきているようだ。手の振りばかりが目立つのは、ハイヒールの足でしっかと持ちこたえようとするからだろうか。なかじまみゆきさん、とさんづけで呼びたくなる瞬間。彼女もまた、年を重ねていくひとりの人間であることを知るひととき……。

腰をかがめて消しゴムを拾う中学教師の姿に人間くささを感じたように、別の世界に生きていると思っていた深沢先生が、「トイレ」を往復することでいっとき人間界に舞い降りてきたかのように、いつまでも舞台の上の存在であって欲しいという願いと、相反する気持ちが同居しているのだろうか。

あっという間の三時間が過ぎた。アンコールが終わったあとの静けさ。あっけなく取り残された感じ。ぼおっとしているうちに終わりを迎えたようで、できればもう一度聴き直したいという未練に包まれる。

背後のミュージシャンごと切り取って、あの賑わいそのままに、家に持ち帰りたい。しかしそんなことをしても、なんのおもしろみもなく、持て余すだけだろう。それは治療関係も同じこと。舞台の上にいてこそのみゆき、診察室の中にいてこその治療者なのだから。

数か所ある入り口が放たれ、ぎっしり詰まっていた客が一斉に出ていく。わたしは方向オンチだ。駅はどっちだったか、電車は混むかどうかといった現実的な問題に急に引き戻される。

次の日も、この場所でこの時間に公演が行われる。今頃彼女はスタッフと明日の打ち合わせなどをしているのだろうか、それとも裏口からこっそりと、お迎えのハイヤーに乗って帰ったのか、それともどこかのホテルに泊まるのか。

ホールの片隅に人だかりができている。なにごとぞと近づいてみると、本日お披露目された曲の一覧が張り出されていて、スマホや携帯をかざして、皆さん、必死になって撮影している。あのお高いプログラムを買わなかった人々である。その必死なさまがなんだかむさぼるようであさましく感じられたが、やはりわたしもできるだけ前に進み出て、短い手を精一杯伸ばし、写りの悪いガラケーで撮影した。


ひとりの人間の生きていく上での必然性というものを考えることがある。行く末を暗示するような片鱗は、子供の頃からいろんな形をとってあちこちに顔を出し、それはやがてひとつながりになって、何十年も先に、そうだったのか、と合点がいく。

日記の中に次から次へと登場してくる女性教師への憧れの感情は、見境がないように見えて、実に充実して華やかだ。いくら好きでも、近づき過ぎるとお互いのあらが見えて味気ないものになってしまうことを、この頃から感じ取っていたのだろうか。積極的に声をかけられない引っ込み思案な性格をもどかしく思っていたが、無念な感情を含めて遠くから眺める楽しみと切なさは、斎藤医師曰く、「現実」そのものであることを、中学生ながら知っていたのかもしれない。

深沢医師とパソコンを通じてやり取りしていた時によく流していたエンヤの曲は、聴くと今でも心が当時にまで飛んでいき、あっという間に時間が過ぎる。

　彼女の存在は、書くことの原動力であり支えであった。彼女が読んでくれていると信じて、それだけのために熱心にホームページを更新した。ありふれた日常を書いた日記やペイントを使ったつたない落書きでさえ、心待ちにしてくれていると思うことができた。彼女からは、ネット上に文章を発表して読んでもらう喜びを教わり、クリニックのミーティングでは、皆さんの前で文章を読み上げて笑ってもらう高揚感をたっぷりと味わった。自分にしかできないもの。伸ばしてくれる人と機会。それは例えば大学の文芸部にはいって、というような順当でわかりやすいものではなかったが、それこそ、誰にもまねのできない、それ以外にはどう考えてもありえなかったであろうきっかけと展開だった。

# あとがきにかえて

平成五年四月、わたしは公務員になった。あと一週間で三十歳だった。子供の頃、ちらとも考えたことのなかった職業だ。そもそも、一生、職業に就くという発想がなかった。

県の広報紙をなにげなく眺めていたら、偶然、職員募集の記事が目にとまった。完全週休二日制になるらしい。「これは魅力だ！」と思った。

受験資格が三十歳まで引き上げられた年なので、〝お試し〟に採用されたのかもしれない。

あれから三十年以上経った。

「君たちね、定年なんてまだまだ先だと思っているかもしれませんがね、本当にアッという間ですよ」と言って去っていかれた先輩の言葉を思い出す。

日記帳の年間スケジュール欄に、ひと月に一枚ずつシールを貼って、「卒業」の日を待ち焦がれていたのに、退職まで六か月を切った頃から、名残惜しくもなってきた。

畑に囲まれ、転勤早々ウグイスの声に出迎えられた職場、イヤホンを耳に、景色を眺めるのが楽しみだった通勤電車、職員が立ち働く事務所の雰囲気、抜かりなくこなした弁当注文の当番、そして自分の席……それら馴染んだものからいっぺんに切り離されるという理不尽さのようなもの。

職場では若い職員への事務引き継ぎが着々と行われている。実家で両親が問わず語りに語る昔話は、まさに命の引き継ぎのように感じられる。終わりに向けていろんなことが一気に動き始めた。
折しも、定年延長の始まった年である。辞める選択に迷いはないが、毎年毎年、あたりまえのように次の居場所が保証されていた生活が終わる。

なにげないひとこまがフラッシュバックすることが増えた。
それは例えば、デパートの一角だったり、初めてひとり暮らしをした平塚の街だったりする。今でも、電車に乗れば簡単に行くことはできる。しかし、あの時と同じ気持ちで、同じ立場で、そこに身を置くことはもうできない。当時は当時でなにかしら抱えていたのだろうが、今振り返れば、ずいぶん気楽だったように思える。「年を取ると、いい思い出だけが残る」とはどなたかから聞いたが、そういうことなのだろうか。
難題ではあるが、あれ以外の生きかた、それ以外のありようはなかったのだと、自分の来しかたを少しずつでも受け入れられれば、という心境である。

おしまいに、地区の句会で、珍しく先生から褒められた一句を。

遠ざけし子の遠ざかり除夜の鐘

令和六年春

【著者紹介】
1963（昭和38）年、神奈川県生まれ。
横浜市立大学卒業後、水産会社勤務。
平成5年、地方公務員となる。
令和6年3月、同退職。

著書にエッセイ集『道ばたでひとり芝居』（文芸社）『ご飯110グラム、これでよろしくて?』（幻冬舎）がある。

愛も情けもありません
********************************
著　者　　森山　いつき
発行日　　2024年4月23日
発行者　　高橋 範夫
発行所　　青山ライフ出版株式会社
〒103-0014
東京都中央区日本橋蛎殻町1-35-2グレインズビル5F-52号
TEL 03-6845-7133　FAX 03-6845-8087
http://aoyamalife.co.jp info@aoyamalife.co.jp

発売元　株式会社星雲社（共同出版社・流通責任出版社）
〒112-0005　東京都文京区水道1-3-30
TEL 03-3868-3275　FAX 03-3868-6588

印刷/製本　モリモト印刷株式会社


ISBN978-4-434-33653-9